Verena Schürmann

Man nennt uns Minimalisten

Eine ganz persönliche Geschichte

Diese ersten Zeilen meines Buches widme ich allen lieben Menschen, die nie daran gezweifelt haben, dass dieses Buch tatsächlich erscheinen wird.

Inhalt

Vorwort

Liebe Leserinnen, lieber Leser,

Du hältst ein Buch in der Hand, das unsere ganz persönliche Geschichte als Familie auf dem Weg zu Minimalisten erzählt. Es ist kein Ratgeber, in welcher Reihenfolge du deine Schränke am besten ausmistest oder wie Du am schnellsten eine Capsule Wardrobe aufbaust. Dieses Buch beschreibt unsere eigene Erfahrung die wir mit dem Minimalismus gemacht haben und immer noch machen. Es sind unsere persönlichen Gedanken und Sichtweisen. Was für uns gut funktioniert, muss nicht unbedingt für jeden Menschen das Beste sein. Mit diesem Buch möchte ich Euch zeigen, dass es manchmal gar nicht so schwer ist, etwas zu verändern. Wir sind auf unserem Weg immer unserer Neugier und Intuition gefolgt, ohne Ratgeber oder einer Anleitung. Vielleicht nehmt ihr aus diesem Buch eine andere Sichtweise auf manche Dinge mit, vielleicht gibt es euch den Mut etwas zu verändern, vielleicht bekommt ihr Lust endlich den Keller aufzuräumen, vielleicht möchtet ihr auch gar nichts verändern, weil ihr bereits rundum zufrieden seid. Was immer es sein mag, Minimalismus sollte immer das Ziel haben, glücklicher und zufriedener zu sein und Zeit für die wichtigen Dinge im Leben zu haben!

Alles liebe, Eure Verena

Im Keller fing alles an

„Wir müssten den Keller mal aufräumen“.

So fing eine lange Reise an, ohne dass wir es ahnten, geschweige denn geplant hatten…

Es war ein verregneter Sonntag. Einer der Tage, an dem ich wie so oft einen regelrechten Lagerkoller bekam. Alles war mir zu eng, zu voll, zu unübersichtlich. Unsere Wohnung war einfach immer zu klein. An diesem Tag fühlte ich mich regelrecht eingequetscht zwischen Möbeln, Staubfängern und sämtlichem Dekokram. Es ging mir wie so oft, wenn draußen das Wetter schlecht war und wir den ganzen Tag im Haus blieben.

Elf Jahre zuvor zogen wir von einer 100qm Mietwohnung in unsere 77qm Eigentumswohnung. Endlich nannten wir einen Garten unser eigen, auch wenn dieser mit 90qm recht überschaubar ist, hatten wir nun ein Fleckchen Erde für uns allein. Dafür war aber jetzt weniger Platz in der neuen Wohnung als vorher. Deutlich zu spüren bekamen wir unseren Platzmangel, wenn unser damals noch kleiner Sohn Besuch bekam. Beim Spielen nahmen die Kids Stück für Stück die komplette Wohnung in Beschlag. Mit fortschreitender Stunde verteilte sich das Spielzeug immer weiter in der Wohnung. Angefangen im Flur,

dann im Wohnzimmer, in der Küche und sogar bis ins Schlafzimmer.
Das Kinderzimmer wurde dabei einfach Zimmer um Zimmer erweitert. Waren mehrere Kinder zu Besuch, wurde es besonders eng. An solchen Tagen wussten wir manchmal nicht, wo wir selbst noch bleiben sollten. Im Sommer war es einfacher, da sie sich dann im Garten und auf dem Spielplatz vor dem Haus austoben konnten. Abgesehen vom Kinderbesuch, war generell einfach zu wenig Platz in unserer Wohnung. Der Wäscheständer stand fast täglich im Wohnzimmer, was weder optisch noch platzmäßig ein Highlight war. Zudem waren wir irgendwie ständig und überall am umräumen und aufräumen. Dauernd liefen wir um sperrige Möbel herum, im Flur, in der Küche, im Wohnzimmer und besonders um das Bett im Schlafzimmer. Irgendwann hatten wir keine Lust mehr, wir wollten endlich mehr Platz haben. Mehr Platz für uns, für unseren Sohn und eventuell sogar für einen Hund. Ein Zimmer zur freien Verfügung für Hobbies, als Büro oder einfach nur, um dort mal den Wäscheständer hinstellen zu können, das vermissten wir sehr oft. Für uns war dieser Traum eines freien Zimmers in unserer Wohnung damals augenscheinlich nicht umsetzbar. „Platz ist in der kleinsten Hütte“, wie wahr dieser Spruch doch sein kann! Doch für uns war es immer ein

Spruch, der mit der Realität nichts gemeinsam hat. Mehr Platz musste her, in unserer Vorstellung in Form eines Hauses. Also begaben wir uns auf die Suche nach einer größeren Immobilie zum Kauf. Wir schauten uns innerhalb eines Jahres einige Häuser an. Diese waren sehr großzügig, teilweise mit mehr als 160qm Wohnfläche plus Garten, Schuppen und Garage. Aber aus den verschiedensten Gründen kam ein Kauf dieser Immobilien für uns nie in Frage. Zu groß, zu klein, zu alt, zu teuer. Also gaben wir die Suche irgendwann frustriert auf und warteten, dass der Winter möglichst schnell vorüber ging.

Im Sommer ist unser Garten wie ein zweites Wohnzimmer für uns, in dem wir uns sehr viel aufhalten zum Entspannen, Kochen und Essen. Trotzdem wünschten wir uns besonders in der kalten Jahreszeit mehr Platz und einen Raum zur freien Verfügung. Dass dieser Wunsch sogar bei 77qm zu realisieren ist, daran dachten wir nicht einmal im Traum!

Es war etwa ein Jahr später und wir hatten gerade unser Schlafzimmer renoviert. Einmal komplett Renovierung mit allem was dazu gehört: neue Wände, neuer Boden, Heizung, Tür, Steckdosen, Lichtschalter und Lampen. Wer schon mal ein ganzes Zimmer renoviert hat weiß, wie viel Räumerei und Chaos das mit sich bringt. Schließlich musste das ganze Zimmer vollkommen leer sein und die Sachen irgendwo zwischengelagert werden. So kamen viele Dinge die wir nicht täglich brauchten, erst einmal in den Keller. Ans große Aussortieren und wegwerfen dachten wir zu der Zeit gar nicht. Wir könnten die Dinge ja schließlich irgendwann noch mal gebrauchen. Viele Sachen blieben somit vorerst im Keller. Was wir bereits vor der Renovierung aussortiert hatten, war unsere Kleidung. Das machten wir immer regelmäßig zweimal im Jahr. Und da man ja etwas Gutes tun möchte, kamen die aussortierten Kleidungsstücke in den Altkleidercontainer. Wir wussten es damals einfach nicht besser.

Natürlich wurden nach der erfolgreichen Schlafzimmer Renovierung nur die allerwichtigsten Dinge wieder eingeräumt und das war einiges!

Es schlummerten im Keller natürlich noch viel mehr Sachen außer den überflüssigen, aussortierten Schlafzimmerdingen.

Da standen wir an diesem verregneten Sonntag nun vor unserem kleinen Kellerraum, der einen Grundriss wie ein verunglücktes Sportboot hat.

Ein Keller wie ihn wohl jeder kennt. Vollgepackt mit den verschiedensten Dingen, auf den ersten Blick einfach ein wilder bunter Haufen aus unterschiedlichen Materialien, Farben, Formen und Größen. So richtig weiß man eigentlich nicht, warum und wofür das Ganze dort liegt und wartet. Ja genau, es scheint zu warten. Aber worauf eigentlich? Wenn wir das gewusst hätten, wäre es vermutlich nicht im Keller gelandet. Wir wussten es an diesem Tag jedenfalls nicht.

So blickten wir in unseren kleinen Kellerraum und sahen sechs volle Regale, Winterreifen, Koffer, Kisten, allerlei Werkzeug und ein großer Haufen gelbe Säcke! Es war kein Chaos wie man sich das jetzt vielleicht vorstellen könnte. Nein, es war alles fein säuberlich eingeräumt. Also fingen wir an „auszumisten". Heute können wir nur darüber lachen, denn fünf Jahre später verstehen wir unter Ausmisten etwas ganz anderes...

In diesem Kellerraum lagen manche Dinge seit sieben Jahren! Und einige dieser Dinge standen schon in unseren ersten beiden Wohnungen im Keller oder Abstellraum. Aber wir könnten sie vielleicht doch noch mal gebrauchen?! Mit der Masse an Schrauben wären wir wohl bis an unser Lebensende ausgekommen und die Kabel wären vielleicht eine Geldanlage, wenn der Kupferpreis eines Tages über dem Goldpreis liegt. Ein Gotteslob brauchten wir auf jeden Fall, wenn wir auch nur alle paar Jahre mal in die Kirche gingen. Und die alten Ausbildungshefte zeigen wir bestimmt irgendwann unseren Enkeln. Ich bezweifle allerdings, dass das für die armen Enkel interessant wäre. So hat wohl jeder von uns seine Leichen im Keller, die man seit

Jahren mit sich rumschleppt und sich nie darüber Gedanken macht, warum eigentlich. Wir räumten die aussortierten Dinge erst mal nach oben in die Wohnung. Dann wurde sortiert nach Verkaufen, Müll und der Rest... ja was war eigentlich mit dem Rest? Es gab halt Dinge, für die sich ein Verkauf nicht lohnte, die aber noch in Ordnung und zu gebrauchen waren. Was macht man damit? Natürlich kann man Freunde und Familie fragen. Aber wollen wir die wirklich mit unserem alten Kram belasten?

Am nächsten Tag war ein sonniger Tag und mir kam spontan die Idee, unsere aussortierten Dinge zum verschenken an die Straße zu stellen. Ein großer Speisskübel diente umgedreht als Tisch, ich klebte einen Zettel mit der Aufschrift „Zu verschenken“ davor und drapierte alles fein säuberlich darauf. Das Ganze stellte ich dann auf unser kleines Rasenstück im Vorgarten. Jetzt stieg die Spannung und es war irgendwie total aufregend. Was würde passieren? Ständig schaute ich aus dem Küchenfenster ob jemand etwas mitnahm. Aber nichts passierte. Ein paar Fußgänger gingen zwar vorbei aber schauten nur, die Autofahrer die dort entlang fuhren sahen die Sachen anscheinend nicht. Es schien sich niemand für die Dinge zu interessieren. Also drehte ich erst einmal eine große Runde mit dem Hund. Als ich wieder kam, gab es eine Überraschung: die

Hälfte der Dinge war weg! Total euphorisch ging ich in die Wohnung und holte die nächsten aussortierten Dinge, um sie an die Straße zu legen. Und was soll ich sagen, abends war alles weg! Gepackt vom Verschenken- Fieber durchsuchte ich alle Schränke. Brauche ich wirklich fünf Blumenvasen oder reichen vielleicht auch zwei? Und werden wir die Isomatte vielleicht doch noch mal nach sieben Jahren brauchen? Am darauffolgenden Tag war wieder herrliches Wetter und so kam die Kiste das zweite Mal in den Vorgarten. Und ein drittes Mal, ein viertes Mal… Es waren sage und schreibe ganze vier Wochen, an denen immer etwas zum verschenken bei uns im Vorgarten lag! So kam es dann, dass die Nachbarn fragten ob wir ausziehen würden. Als wir sagten, dass wir lediglich etwas ausmisten würden, schauten sie uns nur verblüfft an. Ein paar hochwertigere Dinge stellte ich zum Verkauf bei Kleinanzeigen ein. Dort fand dann auch das ein oder andere Teil einen neuen Besitzer und brachte etwas Geld in die Haushaltskasse. Es ist auch heute noch spannend für uns, bei Kleinanzeigen etwas an Selbstabholer zu verkaufen. Wir haben so schon viele nette Menschen getroffen, die sich über unsere Dinge sehr gefreut haben.

Mittlerweile hatte unser Vorgarten sogar einen Namen von uns bekommen: Das Bermuda- Dreieck! Denn witziger Weise verschwanden die Dinge von der Verschenken- Kiste immer spurlos, ohne dass wir jemanden sahen. Als wären die Heinzelmännchen da gewesen wenn wir aus dem Haus waren. Wir liebten diese Heinzelmännchen, denn sie machten unseren Besitz kleiner und somit unser Leben leichter. Der alte Ballast, der sich über die Jahre im Keller und somit auch im Kopf angesammelt hatte, verschwand einfach aus unserem Leben. Der Keller wurde immer luftiger und übersichtlicher und die Schränke in der Wohnung ebenfalls. Mit jedem Teil das unseren Haushalt verließ, fühlten wir uns leichter und befreiter, auch im Kopf. Wir wurden immer mutiger was das Aussortieren anging. Ständig fanden wir noch etwas, was wir doch nicht mehr brauchten und loswerden wollten.

Beim Verschenken und Verkaufen erlebten wir immer wieder lustige Situationen. Wie an einem Tag, als unsere Nachbarin mit einer uns unbekannten jungen Frau vor der Tür stand. Diese fragte verwundert, ob man die Dinge die dort an der Straße liegen einfach so mitnehmen darf. Sie interessierte sich für zwei schwere Eichenholzstühle, die vorher bei uns sieben Jahre im Keller vor sich hinvegetiert hatten. Als wir ihr sagten, sie darf alles nehmen was sie möchte, strahlten ihre Augen und sie nahm überglücklich die beiden Stühle mit. So freuten sich über die für uns überflüssigen Dinge noch viele andere Menschen. Ausmisten kann auch viel Spaß machen. Aber was sich jetzt so einfach und leicht anhört, war es keineswegs. Denn Ausmisten ist vor allem eins, anstrengend! Sowohl körperlich als auch kopfmäßig. Auf der Kellertreppe habe ich in dieser Zeit wohl meinen ersten Halbmarathon absolviert. Ständig holte ich etwas aus dem Keller, entweder um es nach draußen auf die Verschenken- Kiste zu packen oder um die Dinge für Kleinanzeigen zu fotografieren. Dann fiel mir das nächste Teil in die Hände, das wir doch nicht mehr brauchten und es landete vorerst in einem großen Sammelkarton im Schrank oder wie so oft vorerst im Keller. Wer sich beim Ausmisten auf ein schick aufgeräumtes Zuhause freut, wird nicht enttäuscht werden. Bleibt nur ein klitzekleiner Haken an der ganzen Sache: die Wohnung sieht vorerst aus wie das reinste Schlachtfeld! Chaos pur, überall, egal wie aufgeräumt die Wohnung vorher auch war. Die schlechte Nachricht: Da muss man durch. Die gute Nachricht: Es lohnt sich! Durchhalten ist angesagt.

Wir hatten lange Zeit einen großen Karton unten im Kleiderschrank stehen. Dort kamen die Dinge hinein, die uns beim Putzen oder einfach zwischendurch in die Hände fielen und unser trautes Heim verlassen sollten. Am Wochenende wurde dann wieder ein Schwung dieser Dinge bei Kleinanzeigen eingestellt oder bei schönem Wetter an die Straße gelegt. Dinge wie gut erhaltene Kleidung, Bettwäsche, Handtücher usw. sammelte ich ebenfalls in einem Karton. Wenn er voll war, fuhr ich ihn zum nahegelegenen Sozialkaufhaus. Dort kann man alles Mögliche an Spenden abgeben, vom Schuh bis zum Buch, über Omas Blumenvase bis zum Schrank. Natürlich sollten die Dinge gut erhalten und brauchbar sein. Im Sozialkaufhaus werden die Sachen gerne angenommen, um sie dann günstig an Bedürftige weiter zu verkaufen. Aber es kann auch Jedermann dort schöne Schätze finden. Eine Zeit lang habe ich zwar regelmäßig Kartons weggebracht, aber bin auch immer mit einem „neuen" Teil wieder nach Hause gefahren. Es ist alles so schön günstig dort und zudem sind die Dinge manchmal sehr ausgefallen, vintage oder antik. Früher habe ich ständig in unserer Wohnung umdekoriert und fand immer etwas Neues was noch schöner, besser und toller war als das bereits Vorhandene. Mit dem Wechsel der Jahreszeiten änderte sich auch immer wieder die Deko in unserer Wohnung. Dabei hatte es mir die auch nicht gerade preisgünstige Designer Deko angetan. Ich war einfach immer am kaufen und wieder verkaufen. Dieses Verhalten musste in meinem Kopf erst resetet und danach neu programmiert werden, das ging einfach nicht von heute auf morgen. Im Nachhinein habe ich gemerkt, wie gestresst ich davon eigentlich war. Heute sind die einzige Deko in unserer Wohnung ein paar wenige Bilder und unsere Pflanzen. Auf dem Küchentisch stehen immer frische Blumen aus dem Garten in einer vintage Vase vom Flohmarkt. Die Bilder sind alle sehr persönlich, da sie entweder von uns gemalt oder fotografiert wurden. Ein Bild im Wohnzimmer haben wir von unserer Reise auf dem Jakobsweg mitgebracht. Es ist eine schöne Erinnerung einer wunderbaren Zeit in unserem Leben. Mit jedem Bild verbindet uns eine eigene Geschichte, dadurch wird unsere Wohnung auch ohne Deko zu unserem Zuhause. Die Pflanzen beleben den Raum, machen ihn gemütlich, natürlich und tragen zu einem gesunden Raumklima bei. Es ist einfach ein Stück Natur für die Wohnung. Aber zurück zum Ausmisten... Kisten schleppen bringt auf jeden Fall Muckis in den Armen und regelmäßiges Treppensteigen gibt einen knackigen Hintern. So spart man sich ganz nebenbei das Fitnessstudio. Aber etwas das viel anstrengender ist, ist die Kopfarbeit wenn man seinen Hausstand einmal auf links dreht. An manchen Abenden fühlten wir uns wie erschlagen. Einfach total ausgelaugt, der Kopf fühlte sich an wie frisch gekneteter Brotteig, die Arme und Beine taten vom Schleppen und Räumen weh. Ja, es war verdammt anstrengend! Tausendfach überlegten wir, wann habe ich dieses Ding

das letzte Mal gebraucht? Wann werde ich es wieder brauchen? Brauche ich es überhaupt noch? Wenn es weg ist, fehlt es mir? In den meisten Fällen war die Antwort eindeutig: Nein! Aber es gab auch immer wieder Dinge, die wir meinten unbedingt zu brauchen. Zumindest blieben sie dann oft sage und schreibe vier Wochen länger bei uns. Das Ausmisten geschah bei uns nicht täglich, sondern mehr in Wellen. Da hatten wir die aussortierten Dinge verkauft, verschenkt und gespendet und zwei Wochen später war die Kiste im Kleiderschrank plötzlich doch wieder voll. An den Wochenenden bekamen wir oft das Ausmistfieber. Gerade wenn das Wetter schlecht war, konnten wir schon mal einen ganzen Tag im Keller verbringen.
„Jetzt haben wir aber wirklich alles aussortiert!" Das war der Satz, der nach so einem Wochenende meinem Mann oder mir über die Lippen kam. Es ist heute der ultimative Minimalistenwitz für uns.
Man wird einfach nie richtig fertig. Das Leben geht weiter, es ändern sich Lebenssituationen, das Kind wird größer, wir werden älter, unser persönlicher Geschmack ändert sich und wir selbst verändern uns im Laufe des Lebens. Und Dinge, die uns gestern noch sehr wichtig waren, passen heute vielleicht doch nicht mehr zu uns. Den eigenen Besitz auf die nötigsten und ans Herz gewachsenen Dinge zu reduzieren, hat uns deutlich

gezeigt, was uns lieb und teuer ist und was für uns im Leben wirklich zählt. Klar, die Dinge erst einmal loszuwerden kostet viel Zeit, das lässt sich nicht schön reden. Aber wir haben davor unsere kostbare Lebenszeit auch irgendwann aufgebracht, diese Dinge auszusuchen, zu kaufen, pflegen und reparieren. Da das meiste im Leben nicht umsonst ist, haben wir also unsere wertvolle Zeit geopfert um Geld zu verdienen, damit wir genau diese ach so wichtigen Dinge kaufen konnten. Wenn wir das neue Auto haben, werden wir viel glücklicher sein. Markenklamotten machen uns viel hübscher und netter. Das neueste Handy macht aus uns einen neuen Menschen. Mit der teuren Fitnessuhr nehmen wir schon beim Tragen zehn Kilo ab. Einen Kaffevollautomat hat jeder und ist etwas Tolles. Also: Kaufen! Doch ist das wirklich so? Ändern diese Dinge wirklich etwas?

Es waren einfach unsere alltäglichen Gewohnheiten und Lebenseinstellungen, über die wir uns bis dahin nie Gedanken gemacht hatten.

Auto als Statussymbol

Du bist was du besitzt oder besitzt es dich? Ist dies alles was wir wirklich wollen? Oder ist es etwas anderes was wir uns wünschen? Lenken wir uns vielleicht einfach nur mit diesen Dingen davon ab was uns eigentlich fehlt? Warum kaufen wir einen SUV? Weil ihn der Nachbar auch fährt? Wollen wir irgendwo dazu gehören? Oder kaufen wir den SUV weil wir dafür lange arbeiten müssen um ihn zu bezahlen? Unsere Lebenszeit opfern um das Geld für den Sprit zu verdienen, weil das Auto so überhaupt nicht umweltfreundliche 10,8 Liter in der Stadt verbraucht? Weil wir sehr schlecht einen Parkplatz für dieses Kreuzfahrtschiff der Straße finden?

Wir hatten genauso so einen SUV. Und wir haben ihn verkauft! Weil wir nicht mehr für ein Auto arbeiten gehen wollten das uns finanziell auffrisst. Weil wir keine Lust mehr auf ewig lange Parkplatzsuche hatten. Weil eine Reparatur das Budget eines Kurzurlaubs verschlang. Weil ein neuer Satz Reifen den Preis eines Monatseinkaufs an Lebensmitteln kostete. Weil wir nirgendwo dazu gehören müssen. Wir haben ihn verkauft und uns bewusst für ein Statussymbol entschieden. Ein Statussymbol das eigentlich keines ist. Nämlich einen dunkelgrauen Golf 2 Baujahr 1991. Er symbolisiert sehr schön unseren Status, nämlich genau den, dass es nicht wichtig ist was man für ein Auto fährt! Ganz egal, ob man viel oder wenig Geld verdient. Ich mag alte Autos sehr und habe mich bewusst für einen Oldtimer entschieden. Gerne hätte ich einen VW Käfer gehabt, die habe ich einfach in mein Herz geschlossen. Allerdings sind diese Kultautos eine echte Geldanlage. Ersatzteile sind zudem recht teuer und die lieben Krabbeltiere rosten auch mal ganz gerne. Ein Käfer kam aus den verschiedensten Gründen für uns nicht in Frage. Als Alternative zum Käfer stießen wir auf den Golf 2. Er ist alltagstauglich und rostet nur sehr wenig. Ersatzteile sind auch nach fast dreißig Jahren noch gut zu bekommen und zudem recht günstig. Schließlich leben und arbeiten wir nicht für unser Auto. Wir brauchen es einfach um von A nach B zu kommen. Alles was wir innerhalb der Stadt zu erledigen haben, fahren wir mit dem Fahrrad. Solange unser Sohn noch nicht volljährig ist und selbstständig mobil, werden wir ein Auto brauchen. Der Gedanke den SUV zu verkaufen kam uns allerdings auch nicht von heute auf morgen. Eine gewisse Gehirnwäsche hatten wir bereits hinter uns, aber in dem Sinne, dass wir einfach unser Denkmuster einer Vollwäsche unterzogen hatten. Denn mit jeder Doku und jedem Buch zu den Themen Nachhaltigkeit und Umweltschutz änderte sich unser Bewusstsein. Da fuhr dann plötzlich das schlechte

Gewissen mit, wenn wir mal wieder an der Tankstelle standen, weil das spritfressende Monster knapp 11 Liter auf 100km verbrauchte. Das Gefühl mit dem SUV zum Discounter zu fahren, war irgendwie nicht mehr das gleiche wie vorher und fühlte sich mit jedem Mal schlechter an.

Ich mag unseren Golf 2, der den Namen Murkel trägt, sehr. Er hat wie fast alle alten Autos viel Charme und wenig Firlefanz. Mittlerweile überfordern mich neue Autos regelrecht, da es überall blinkt und piept und man fast ein Studium absolvieren muss, um die vielen Knöpfe zu verstehen. Der Murkel entschleunigt ungemein wenn man dort einsteigt. Manchmal fühle ich mich wie in eine andere Zeit versetzt. Man fährt zudem gemütlicher, es geht einfach nicht schneller. Von A nach B bringt er uns immer zuverlässig und ließ uns noch nie im Stich. Zudem sind die Kosten für Reparaturen wirklich überschaubar. Manchmal müssen wir schon darüber lachen, dass Ersatzteile teilweise genauso viel kosten wie ein Erdbeerbecher in der Eisdiele. Wir haben verstanden, dass wir keinen SUV fahren müssen um irgendwo dazuzugehören. Im Gegenteil, unser Murkel ist regelmäßig Gesprächsthema, wird oft bewundert und hat die Sympathien immer auf seiner Seite. Gepflegt sollte so ein altes Auto schon sein. Wer mit einem verdreckten, klapprigen, rostigen alten Auto zum

Vorstellungsgespräch fährt, macht vermutlich ungewollt einen anderen Eindruck. Mein Mann ist mit unserem Murkel zum Vorstellungsgespräch gefahren. Natürlich war das Auto frisch gewaschen und wird ohnehin immer gepflegt. Ein etwas mulmiges Gefühl hatte er schon was sein Gegenüber wohl von ihm denken könnte. Soviel zum Thema Vorurteile. Soll ich euch verraten was passierte? Er hatte sofort ein Stein im Brett bei seinem neuen Arbeitgeber. Der Murkel war Gesprächsthema, brach das Eis und machte meinen Mann anscheinend sehr authentisch und sympathisch.

Es kommt nicht auf das Auto an oder auf Markenklamotten, die teure Uhr oder das neueste Handy. Nein, es kommt schlicht und ergreifend darauf an, man selbst zu sein!

Und was hat das jetzt mit Ausmisten zu tun? Ganz einfach, wir beschäftigten uns automatisch mit unserem Besitz. Wir fingen an zu hinterfragen. Was ist mir wichtig? Was brauche ich zum glücklich sein an materiellen Dingen? Woher kommt dieses Teil und wer hat es hergestellt? Wenn es nicht mehr brauchbar ist, lässt es sich recyceln? Das sind alles Fragen, die automatisch den Weg in unsere Köpfe fanden. Das Ausmisten der materiellen Dinge war ein längerer Prozess. Im Nachhinein kann ich sagen, dass wir mehr als vier Jahre unseren Besitz immer weiter reduziert

haben. Wir dachten damals und auch heute noch über unseren Besitz nach, was uns wichtig ist im Leben und wie wir eigentlich leben möchten. Besitz zu reduzieren macht den Kopf frei und lässt neue Gedanken aufkommen. Es heißt, wie es in deiner Wohnung aussieht, so sieht es auch in deinem Kopf aus.
Sprich Chaos in der Wohnung, Chaos im Kopf. Klarheit in der Wohnung, Klarheit im Kopf. Da ist etwas Wahres dran finde ich.

Erinnerungsstücke

Im Feng Shui steht das Gerümpel im Keller für unsere Vergangenheit. Wenn der Keller zugerümpelt ist, haben wir etwas in unserer Vergangenheit noch nicht verarbeitet. Das kann ich bestätigen. Im Keller lagen Dinge die ich teilweise seit meiner Kindheit mit mir rumschleppte. Ein Beispiel waren alte Freundebücher aus meiner Schulzeit. Dort hatten Kinder reingeschrieben mit denen ich eigentlich nie befreundet war. Es war cool, möglichst viele Kinder in das eigene Buch schreiben zu lassen. Sonst könnten die anderen denken man hätte keine Freunde. Meine zwei wirklichen Freundinnen standen dort natürlich ebenfalls drin. Aber diese alten Freundebücher hatten für mich einen emotionalen Wert, der sich nicht gut anfühlte. Nach langem zögern und einem mulmigen Gefühl im Bauch schmiss ich sie in die leere große Papiertonne. Sie fielen mit einem dumpfen Klatscher bis unten auf den Boden der Tonne. Das mulmige Gefühl im Bauch wurde durch ein Gefühl der Erleichterung abgelöst. Es fühlte sich gut an! Als würde ein alter Ballast von meinen Schultern fallen. Etwas, das mir beim Betrachten einen Kloß im Hals verursachte, ließ ich mit einem Wurf in die Tonne endlich los. Langsam breitete sich in meinem Herz so etwas wie Zufriedenheit aus. Von solchem alten

Ballast gab es noch einiges mehr. Mit jedem Teil das davon ging, fühlte ich mich besser und befreiter. Es ist wie bei einem Ballon, nur wenn man als Fahrer Ballast abwirft kann er höher steigen. So verließ ein Teil nach dem anderen unseren Keller und unsere Schränke. Von den ehemals sechs Kellerregalen waren nun zwei leer. Auch diese kamen an die Straße zum verschenken und standen dort wie erwartet nicht lange. Der Keller wurde immer luftiger und es fühlte sich richtig gut an.
Sogar mein Mann trennte sich von einem Teil seiner Schraubensammlung. Man muss bedenken, dass mein Mann und sein Werkzeug ein sehr inniges Verhältnis haben. Da fällt das Ausmisten schwer. Es gab jedoch eine Kiste da war der Trennungsschmerz für ihn besonders groß: die Kabelkiste. Eine große graue Kunststoffkiste mit Deckel, bis oben hin gefüllt mit allerlei bunten Kabeln und Steckern. „Nein, das brauche ich alles noch." Diesen Satz bekam ich von meinem Mann öfters zu hören als mir lieb war. Also wurde die Kabelkiste ohne einmal durchzuschauen wieder an ihren Platz ins Regal gestellt. Vier Wochen später.... „Das kann alles weg! Das brauche ich nicht." Mein Mann nahm die Kabelkiste ohne reinzuschauen und stellte sie zu den Dingen, die zum Wertstoffhof sollten. So schnell konnte es gehen. Was gestern noch extrem wichtig war, war im nächsten Moment nur noch ein

Haufen Kabel die dem Recyclingsystem zugeführt wurden. Bei manchen Dingen wo wir uns nicht sicher waren ob wir sie doch noch mal brauchen, las ich irgendwo folgende Regel: Alles was man innerhalb von 20 Minuten und unter 20 Euro neu besorgen kann, kann weg! Natürlich kann jeder für sich diese Regel auch nach eigenem Ermessen ändern. Bei manchen Kleinigkeiten hat sie uns jedoch sehr geholfen eine Entscheidung zu treffen. So leerte sich Kellerregal um Kellerregal, ebenfalls weiterhin die Schränke in der Wohnung. So kam es, dass die erste Kommode leer war. Es war eine alte schwere Eichenkommode aus Familienbesitz. Sie passte so gerade zwischen zwei Türen im Flur und man stieß sich ständig daran wenn man eilig um die Ecke wollte. Das gute Stück hat nun bei meinem Vater im Haus eine neue Verwendung als Flurkommode gefunden, sie ist der Familie somit erhalten geblieben. Unser Flur bekam mit dem Auszug der Kommode auf einmal so viel Platz, den wir dort immer vermisst hatten.

Irgendwie hatten wir anfangs immer das Bedürfnis, eine leere Fläche sofort wieder füllen zu wollen. Doch dem Drang sollte man nicht nachgeben, sondern das Ganze ein paar Tage auf sich wirken lassen. Solche freien Flächen sind bei uns fast alle leer geblieben, weil wir uns nach ein paar Tagen daran gewöhnt hatten. Freie

Flächen lassen die Raumenergie besser fließen und machen die Räume luftiger. Wir haben jetzt im wahrsten Sinne des Wortes mehr Luft zum atmen.
Das Thema Erbstücke ist sowieso ein eher schwieriges Thema. Wir hatten ein altes 130 teiliges Geschirrservice meiner Oma im Wohnzimmerschrank stehen. Als meine Oma verstorben war, wollte das antike Geschirr mit den kleinen rosa Blümchen niemand haben, also nahmen wir es. Es war fast 100 Jahre alt und die schönen großen Suppenterrinen konnte man toll dekorieren. Dabei füllte das Geschirrset den halben Wohnzimmerschrank aus und wurde zum Essen nie benutzt. Die Spülmaschine hätte es wegen dem Goldrand und dem empfindlichen Blümchendekor nicht ohne Schäden überstanden. Oder was wäre gewesen wenn ein Teller zu Bruch geht, weil man kurz unachtsam war? Ich überlegte lange hin und her mich davon zu trennen. Ein Versuch es zu verkaufen scheiterte kläglich. Die Zeit es zu fotografieren, die Recherche über die Fabrik die ihre Produktion bereits vor dem Krieg einstellte und die sehr ausführliche Artikelbeschreibung hätte ich mir sparen können. Niemand wollte es haben oder aber nur einen Bruchteil davon bezahlen was es eigentlich wert ist. Nun steht es bei meinem Vater sorgsam verpackt auf dem Dachboden und wartet darauf, dass ich es irgendwann doch noch verkaufe. In unserem Wohnzimmerschrank

hatte es dafür ordentlich Luft gegeben und ich fühlte mich wiederholt erleichtert und befreiter.
So ganz allmählich sah man eine Veränderung in unserer Wohnung. Da kam es schon mal vor, dass der Besuch fragte wo dies oder jenes Möbelstück geblieben ist oder wo meine sonst sehr häufig wechselnde Deko geblieben war. Viele meinten, wir hätten die Dinge und Möbel einfach in den Keller gestellt. Als wir dies verneinten, schauten wir in einige ungläubige Augen. Mittlerweile waren wir es gewohnt, uns ständig erklären oder rechtfertigen zu müssen. Meine Schwiegermutter fragte sogar, wer denn unser Guru sei oder ob wir einer Sekte beigetreten wären. Dass wir eigentlich nur unser Leben vereinfachen wollten, diese Antwort konnten viele nicht verstehen oder nachvollziehen.
Doch was sich während dieser Zeit in unseren Köpfen veränderte, ahnte wohl noch niemand...

Wie ein Wort unser Leben veränderte

Es war bereits ein Jahr vergangen und wir hatten einiges ausgemistet, verkauft, verschenkt und gespendet. Das Bermuda Dreieck ließ uns beim Besitz reduzieren nie im Stich. Ich erinnere mich eigentlich nur an ein Teil was ich weggeworfen habe. Es war eine handvoll Weihnachtsdeko. Nun ist der Juli vielleicht auch nicht der richtige Zeitpunkt um Weihnachtsdeko zu verschenken. Wohingegen ein alter Holzschlitten an einem sehr heißen Tag im August direkt einen Abnehmer fand. Es kommt halt darauf an, wer gerade was gebrauchen kann oder auch nicht.

Bei einigen Dingen recherchierte ich im Internet, wie man sie am besten verkaufen und seinen Besitz reduzieren kann. Dabei stieß ich immer wieder auf einen Begriff: MINIMALISMUS.

Es interessierte mich, was dahinter steckt und so verbrachte ich viele Stunden auf diversen Blogs und Seiten zum Thema Minimalismus. Was ich dort las klang oftmals, bis auf das Ausmisten, wie eine fremde Welt für mich. Themen wie Zero Waste, plastikfrei einkaufen, vegan leben und faire Kleidung tragen, war ungefähr so weit von unserem Leben entfernt wie die Erde vom Mars. Dabei befanden wir uns, ohne es gemerkt oder gewusst zu haben, schon mittendrin im Minimalismus.

Wir fanden viele Tipps im Internet was man alles machen kann, um das eigene Leben zu vereinfachen. Einen Tipp haben wir direkt umgesetzt, den Aufkleber am Briefkasten.

Wir kauften mehrere Aufkleber mit der Aufschrift „Bitte keine Werbung und kostenlosen Zeitungen einwerfen“ und klebten ihn auf. Die restlichen Aufkleber ließen wir im Hausflur für unsere Nachbarn liegen. Wer wollte, durfte sich bedienen. Seitdem ist der Papiermüll unseres Mehrfamilienhauses extrem geschrumpft. Es kann so einfach sein etwas zur Müllvermeidung und für die Umwelt zu tun. Ein weiterer Punkt der Papiervermeidung war das Zeitungsabo einer Wohnzeitschrift. Diese Zeitschrift las ich mittlerweile nur noch halbherzig, sammelte sie aber trotzdem fleißig weiter. Die Themen darin waren für mich zwar interessant, jedoch weckten die tollen Wohnungen mit der neuesten Deko, die meistens aus Designerstücken bestand, auch immer wieder die Kauflust in mir. So stapelten sich diese Zeitschriften als hübsche Staubfängerdeko unter unserem Couchtisch. Am einfachsten bekommt man Kauflust in den Griff, wenn man ihr erst gar kein Futter gibt. Wenn wir keine Prospekte, Werbung und Zeitschriften lesen oder im Fernsehen sehen, erwecken wir auch kein Verlangen diese Dinge zu kaufen. Also wurde das Zeitungsabo gekündigt und die vorhandenen Zeitschriften an Freunde verschenkt. Das Gleiche machte ich ebenfalls mit den Newslettern die regelmäßig mein Mailpostfach zumüllten. Es kann schon befreiend sein, nicht täglich von unzähligen unwichtigen Mails überflutet zu werden. So behalte ich viel besser den Überblick und spare mir sogar noch Zeit, weil ich nicht erst Wichtiges von Unwichtigem unterscheiden muss.

Nervige Stromfresser

So ging es für uns Stück für Stück zu weniger Besitz, weniger Konsum und weniger Stress, dafür gewannen wir immer mehr Platz, Zeit und Freiheit dazu. Ohnehin waren wir an einem Punkt angelangt, an dem wir uns von Dingen trennten die uns stressten. Ein schönes Beispiel dafür war unser Kaffeevollautomat. Zwei Jahre zuvor hatten wir mehrere Monate darauf gespart und ihn uns selbst zu Weihnachten geschenkt. Zu der Zeit trank ich sehr gerne Cappuccino, aus dem eigenen Kaffeevollautomaten ein wahrer Luxus für mich. Allerdings muss man bedenken, dass auch ein einzelner Cappuccino genauso viel Arbeit bedeutet wie zehn Cappuccino. Nach jedem Gebrauch des Milchaufschäumers musste dieser gereinigt werden, vor allem im Sommer machte es durchaus Sinn, damit die Milch im Schlauch nicht ranzig wurde. Für fünf Minuten Cappuccino Genuss brauchte ich also weitere fünf Minuten um alles wieder zu reinigen. Sehr stressig wurde es wenn Besuch da war. Der eine wollte einen Espresso, der andere einen Cappuccino, der nächste einen Latte Macchiato und irgendjemand noch einen stinknormalen Kaffee, mit Crema versteht sich. Hatten wir nun alle Gäste mit Kaffeespezialitäten versorgt, konnten wir uns endlich zu unserem Besuch dazugesellen. Bis der Nächste einen Kaffee haben wollte. So standen wir als Gastgeber gefühlt den halben Nachmittag am Kaffeevollautomaten. Und als wenn das nicht genug gewesen wäre, schrie dieser auch noch zusätzlich nach Aufmerksamkeit. Bohnen auffüllen, Wasser auffüllen, Entkalken notwendig, Reinigen notwendig, Tresterbehälter leeren. Um nur einige Meldungen zu nennen, die sich dieses nette Gerät ausdachte, nur um uns möglichst fern von unserem Besuch zu halten. Irgendwann hatten wir sprichwörtlich den Kaffee auf von dieser Maschine. Sie wurde bei Kleinanzeigen zur Adoption freigegeben auf der Suche nach Jemandem, der ihr die gewünschte Aufmerksamkeit schenken würde. Wir freuten uns als sie uns verließ und waren erleichtert. Ein wenig Mitleid hatten wir schon mit den Käufern, schließlich mussten diese Menschen sich jetzt um das schreckliche Ding kümmern. Doch ganz ohne Kaffee geht es auch bei uns nicht. Den guten alten Porzellanfilter von Oma liebten wir schon in unseren Urlauben mit dem Wohnwagen. Der Kaffee wird mit kochendem Wasser aufgegossen, ist somit richtig schön heiß und schmeckt wirklich gut. Wenn heute Besuch kommt, kochen wir vorher eine Thermoskanne voll, die wir dann auf den Tisch stellen. So hat man endlich wieder Zeit für seinen Besuch und es hat sich noch niemand beschwert, dass wir keine Kaffeespezialitäten wie in einem Café servieren.

Ohnehin waren es ein paar Elektrogeräte die uns verließen.

Ein weiteres Gerät das gehen musste war der Trockner. Seit zwei Jahren hingen wir unsere Wäsche im Winter schon im Heizungskeller zum Trocknen auf. Im Sommer steht der Wäscheständer bei uns immer draußen auf der Terrasse. Trotzdem wurde der Trockner regelmäßig benutzt, weil es manchmal auch praktisch war nicht alles einzeln aufhängen zu müssen. Allerdings hatte das mittlerweile 15 Jahre alte Gerät auch seine Nachteile. Was da an Strom verbraucht wurde, kann sich vermutlich jeder denken. Hinzu kam, dass es sich um einen Kondenstrockner handelte. Die feuchte Luft wird also nicht über ein Rohr abgelassen. Aufgrund seines Alters roch die Wäsche wenn sie im Trockner, war nicht besonders frisch. Aber ein größerer Nachteil dieses Gerätes war, dass wir regelmäßig neue Kleidung kaufen mussten. Die gefühlte halbe Wäsche befand sich nach einem Trocknergang im Fusselsieb. Handtücher wurden schnell dünn und die Socken bekamen Löcher. Wir beschlossen, dass es auch ohne dieses Strom- und Sockenfressende Monster gehen würde. Schnell bei Kleinanzeigen für einen kleinen Preis eingestellt, ließ

der Käufer nicht lange auf sich warten. Bis heute habe ich den Trockner noch keinen Tag vermisst.
Die Wäsche liegt trotzdem immer frisch gewaschen und trocken im Schrank. Sollte ein Teil doch mal etwas schneller trocknen müssen, kommt es im Winter einfach auf die Heizung. Den positiven Nebeneffekt haben wir jetzt von unserem Stromanbieter bekommen, nämlich eine nette Gutschrift. Es lohnt sich also, seine Stromfresser in der Wohnung ausfindig zu machen und gegebenenfalls auszutauschen oder am besten ganz darauf zu verzichten.

Mehr Zeit ohne Fernseher

Wo wir schon bei stromfressenden Elektromonstern sind… Ein anderes großes Gerät das uns irgendwann verlassen hat, war unser Fernsehmonster. Wir haben in den letzten Jahren unsere komplette Wohnung saniert, Zimmer für Zimmer. Als das Wohnzimmer ausgeräumt wurde, musste der 46 Zoll Fernseher der unsere Wohnzimmerwand nicht wirklich schmückte, abgehangen werden. Ist euch schon mal aufgefallen, dass in fast jedem Wohnzimmer alle Möbel auf den Fernseher ausgerichtet sind? Da ist die Schrankwand um den Fernseher herum gebaut, die Sessel und Sofas stehen Richtung Fernseher. Pflanzen und Deko sind so platziert, dass sie das Fernsehbild nicht stören. Auf dem Tisch liegen oft mehrere Fernbedienungen neben der eventuell vorhandenen Fernsehzeitung. Genauso sah es bei uns auch aus. Wenn wir ins Wohnzimmer kamen und uns umdrehten, schauten wir auf eine riesige schwarze Fläche an der Wand. Als der Fernseher abgehangen war und für die Zeit der Renovierung im Keller verbannt wurde, fühlte es sich erst komisch an, aber auch irgendwie gut und befreiend. Wir liehen uns für die Zeit der Renovierung einen kleinen Fernseher aus, den wir aber nur selten in unserem provisorisch eingerichteten Wohnzimmer aufbauten. Dadurch dass

wir näher davor saßen, war das Bild fast genauso groß, als wenn wir drei Meter weit weg vor einem Riesenfernseher saßen.
Unglaublich, aber wir überlebten diese Zeit ohne Probleme. Im Gegenteil, der Fernseher wurde immer uninteressanter und wir lasen stattdessen ein Buch, quatschten oder gingen einfach früher ins Bett weil uns kein Fernsehprogramm davon abhielt. Noch bevor der neue Fußboden im Wohnzimmer verlegt war, fand das Fernsehmonster den Weg zurück aus dem Keller. Direkt in die Arme seines neuen Besitzers! Von dem Geld das wir für das alte Gerät bekamen, kauften wir uns einen eigenen kleinen Fernseher. Der Geliehene musste schließlich irgendwann zurück gegeben werden. Die meiste Zeit stand unser kleiner Fernseher jedoch im Schrank und wurde nur selten herausgeholt. Dabei verbrachte er den letzten Sommer dort mehrere Tage und Wochen unbeachtet. Mein Mann und ich dachten damals schon wir könnten gut ohne Fernseher leben, aber unser pubertierender Teenager hielt uns vorerst davon ab. Ja, aber das dachten wir nur, ohne ihn überhaupt zu fragen.
Während ich hier sitze und schreibe, herrscht in Deutschland und der Welt gerade absoluter Ausnahmezustand. Das Corona Virus zwingt uns momentan zu Hause zu bleiben, Kontakte auf das

allernötigste zu beschränken, Geschäfte und Schulen sind geschlossen, mein Mann ist im Homeoffice und wir dürfen nur noch zu zweit auf die Straße. Es ist eine Zeit, in der viele von uns sich mit Fernsehen und Streamingdiensten die Zeit vertreiben. Wenn uns nach dieser Zeit jemand fragt, was Corona bei uns verändert hat, wird eine Antwort die meisten überraschen: Wir haben unseren Fernseher verkauft! Oh ja, wir leben trotzdem noch, bekommen das Geschehen in der Welt auch so mit und nutzen die Zeit nun sinnvoller. Obwohl der kleine Fernseher die meiste Zeit ungenutzt im Schrank stand, hatte sich irgendwann klammheimlich wieder die alte Routine eingeschlichen. So holten wir im Winter, wenn es früh dunkel wird wieder öfters direkt nach dem Abendessen den Fernseher aus dem Schrank und verschwanden damit auf dem Sofa. Nach einem geglückten Versuch den Laptop als Ersatzfernseher zu nutzen, kam der Fernseher wie so viele unserer ehemaligen Besitztümer kurzerhand bei Kleinanzeigen rein.

Der Laptopbildschirm ist nicht wirklich kleiner als der Fernsehbildschirm und wir können immer noch genauso gut auf die Mediatheken zurück greifen. Als der Fernseher bei seinem Käufer im Kofferraum verschwand, war es wie ein Befreiungsschlag für uns. Klingt vielleicht jetzt komisch, aber wir haben seitdem so viel mehr Zeit! Jetzt sitzen wir abends länger im Garten und genießen die Abendsonne, gehen noch mal eine Extrarunde mit dem Hund spazieren, quatschen, werkeln zusammen, lesen oder gehen joggen. Sogar unser pubertierender Teenager hatte zu unserer Verwunderung keine Einwände als der Fernseher weg kam. Schließlich hat er seinen eigenen Laptop und schaut sowieso lieber andere Videos als seine Eltern. Sollte uns ein Thema oder eine Doku brennend interessieren, haben wir schließlich immer noch die Möglichkeit es zu sehen, wenn auch nicht mehr auf 46 Zoll. Rechnet man mal zusammen wie viele Stunden man am Tag, in der Woche, im Jahr, regungslos vor dem Fernseher verbringt, kommt wahrscheinlich bei vielen eine erschreckende Stundenzahl zusammen. Ist es nicht verschenkte wertvolle Lebenszeit? Zudem sitzen wir dabei oft stundenlang in der gleichen Position, was dem Rücken schon mal gar nicht gefällt. Die meisten von uns greifen beim Fernsehen in die Chipstüte oder zur Schokolade, was sich früher oder später auf unseren Hüften wiederspiegelt. Kommt dann noch ein eher sinnloses Fernsehprogramm dazu, werden wir nicht nur krank und dick, sondern verblöden auch ein Stück weit.

Ach, ich würde so gerne das Buch zu Ende lesen, hätte ich doch mehr Zeit mit den Kindern zu spielen, Sport machen schaffe ich zeitlich leider nicht, meine beste

Freundin habe ich seit Monaten nicht gesehen, weil wir einfach keinen Termin finden...

Um Ausreden ist der Mensch nie verlegen. Das könnte man jetzt ewig so weiterführen, das Ergebnis bleibt immer das Gleiche. Wir haben alle die Zeit die wir uns wünschen! Unser innerer Schweinehund hat uns sehr gut erzogen. Ausreden finden ist natürlich einfacher und angenehmer, als einfach mal ehrlich zu sich selbst zu sein. Einen Abend mal den Fernseher auslassen (das Handy natürlich auch) und man hat all die Zeit, die man sich so lange gewünscht hat. Jetzt werden viele sagen, dass sie abends zu müde sind zum Sport treiben, keine Lust mehr haben sich noch zu verabreden, die Kinder auch zu müde sind zum spielen. Doch wir sollten unseren inneren Schweinehund auf dem Weg zu mehr Zufriedenheit konsequent erziehen. Wenn es abends nicht mehr das Fitnessstudio sein soll, dann vielleicht ein Spaziergang an der frischen Luft, das ist schließlich auch Bewegung, macht zufrieden und lässt uns gut schlafen. Mit der Freundin kann ich telefonieren und bleibe dabei in Jogginghose zu Hause. Und die müden Kinder freuen sich mit Sicherheit über eine lange Vorlesestunde eingekuschelt im Bett.

Zeit hat und findet jeder, man muss nur ehrlich zu sich selbst sein und die Ausreden beiseiteschieben.

Das Leben ohne Fernseher gefällt uns bis heute sehr gut. Wir haben durch den Verkauf des Zeitfressers unsere Sichtweise wieder ein Stück verändert.
Dinge, die uns früher sehr wichtig waren wie der große SUV, der Kaffevollautomat oder der riesige Fernseher, waren es plötzlich nicht mehr. Vielleicht waren sie vorher einfach nur ein Statussymbol oder wir besaßen sie, weil sie fast jeder hat. Es hatte sich in unseren Köpfen etwas in Gang gesetzt. Wir waren auf dem Weg. Auf dem Weg zu unserer eigenen Meinung, einer neuen Lebenseinstellung, einer Wohnung die nur unseren eigenen Bedürfnissen entsprechen muss, auf dem Weg zu uns. Unser Leben krempelte sich ganz langsam still und leise um.

Der kleine Bruder des Kellers

Mittlerweile war wieder einige Zeit vergangen. Der Keller fast leer, die sechs Regale komplett verschwunden und wir hatten uns zudem noch von ganz viel Kleinkram, einer Kommode, zwei Stühlen, einem Schaukelstuhl und einem Schränkchen getrennt. Die nächste Renovierung stand an. Diesmal ging es Flur und Küche an den Kragen. Da wir vor der Renovierung schon sehr viel in der Küche ausgemistet hatten, waren die vier Oberschränke bereits leer und wurden gewinnbringend bei Kleinanzeigen verkauft. An das Gefühl erinnere ich mich noch heute, als wir abends vor unserer verbliebenen Küchenzeile standen und plötzlich Luft nach oben hatten. So viel Raum, so viel Luft, so viel Platz. Unsere Küche war plötzlich riesig! Wir brauchten nicht mehr darauf achten, dass wir uns den Kopf stoßen, wenn wir beim Abspülen fast im Spülbecken verschwanden. Das Ausräumen der neuen Baustelle war mittlerweile Routine für uns. Alle Küchenutensilien fanden zunächst Platz in den vier großen Schubladen unter dem Bett. Wir stellten unseren Küchentisch und drei Stühle ins Wohnzimmer und richteten dort eine provisorische Küche ein. Es wurde eine sehr gemütliche und kuschelige enge Baustellen- Küche direkt neben der Sofaecke zwischen den Pflanzen. Sie bestand lediglich aus einem geliehenen Campingherd, einer Kühlbox mit Stromanschluss und einer großen Plastikschüssel zum Spülen. Wir hatten uns vorgenommen die einzelnen Küchenutensilien nur ins Wohnzimmer zu holen, wenn wir sie wirklich brauchten. Das klappte vier Wochen lang sogar sehr gut. Wenn man nach jedem Essen direkt abspült, sind nicht Unmengen an Geschirr nötig um die Spülmaschine voll zu bekommen. So war es, dass wir mit drei Tellern, drei Schüsseln, drei Gläsern, drei Tassen und einem Satz Besteck pro Person sehr gut auskamen. Der Herd hatte zwei Kochplatten, somit brauchten wir nur zwei Töpfe und gelegentlich die Pfanne. Ein Schälmesser, ein Brotmesser, der Wasserkocher und der Porzellanfilter zum Kaffee kochen waren alles, was wir täglich benutzten. Die restlichen Küchenutensilien schlummerten während dieser vier Wochen in den Schubladen unter dem Bett bis die Baustelle fertig war. Aber auf Dauer nur mit drei Tellern zu leben, ist vielleicht doch etwas unpraktisch wenn Besuch kommt. Ebenso mit lediglich drei Gabeln und drei Messern zu leben. Wir entschieden uns jeweils sechs bis acht Sets zu behalten. Den Rest den wir mehr als vier Wochen nicht benutzt hatten, packte ich in Kartons und fuhr sie zum Sozialkaufhaus. Obwohl wir jetzt nur noch eine Küchenzeile ohne Oberschränke hatten, war genug Platz in den Schubladen, um dort auch Kartoffeln und Putzmittel zu verstauen. Diese lagerten vorher in unserem Abstellraum im Flur. In diesem Raum, der die Größe eines Badvorlegers hat, standen Staubsauger, Wäschetonne, Bügelbrett, Wäscheständer, Wischer, Besen und zwei Regale. Man kann sich vielleicht denken, dass es eng war in dieser Kammer. Die Regale waren wie die ehemaligen Kellerregale gut gefüllt. Dort fand sich allerlei Putzmittel, Wischbezüge, Werkzeug, Hundefutter, Bügeleisen, Putzeimer, Wasserkiste und was man sonst noch zum alltäglichen Überleben braucht. Man hätte ihn auch als kleinen Bruder unseres Kellers bezeichnen können. Nachdem wir von der vorherigen Zimmerrenovierung noch einiges an Parkett übrig hatten, änderte sich die Funktion dieses Abstellraumes schlagartig. Das restliche Parkett war einfach zu schade um es wegzuwerfen und mein Mann verlegte es kurzentschlossen im Abstellraum. Was natürlich voraussetzte, dass dieser Raum leer war. So suchte ich freie Lücken in unserem sehr großen Schlafzimmerschrank. Dieser wies mittlerweile auch freie Flächen auf und bot genug Platz für den meisten Kram aus dem Abstellraum. Den Rest lagerten wir vorerst neben dem Bett. Das Parkett war an einem Nachmittag schnell verlegt und geölt und der Abstellraum nicht wieder zu erkennen. Wir standen davor, schauten auf den schönen Eichenboden, sahen uns an und schwiegen. Wir waren uns einig, dass es eindeutig eine Schande wäre, diesen schönen Boden mit Kram vollzustellen. Die Idee daraus ein Büro zu machen, verwarfen wir aufgrund der Enge und schlechten Lichtverhältnisse. Aber wie wäre es mit einer Garderobe inklusive Schuhschrank? Im Flur stand bis dahin ein zweitüriger Kleiderschrank der unsere Jacken und Schuhe beherbergte. Die Aussicht auf viel Platz im Flur und dem voraussehbarem baldigen Ableben des Schwedenschrankes, lies uns direkt zur Tat schreiten. Ich räumte im Schlafzimmerschrank kräftig hin und her um möglichst alles dort aus dem Abstellraum unterzubringen. „Das passt niemals dort alles rein", sagte mein Mann etwas wehmütig, die Idee der begehbaren Garderobe doch nicht umsetzen zu können. „Das passt schon. Lass mich mal in Ruhe etwas umräumen", antwortete ich euphorisch. Der Ehrgeiz, alles im Schlafzimmerschrank unterzukriegen hatte mich gepackt. Es war wie ein Wettkampf den ich unbedingt gewinnen wollte. Das ein oder andere Teil wurde noch aussortiert, ein paar Dinge landeten im Keller und in der Gartenhütte. Und siehe da, zwei Tage später standen wir im Baumarkt auf der Suche nach Ideen für die neue Garderobe. Wir entschieden uns für Kupferrohre, die wir mit einem dicken Seil unter der

Decke aufhängten. Sie dienen jetzt als Kleiderstange für unsere Jacken. Darunter haben wir Kupferrohre in die Wand eingelassen, auf denen nun unsere Schuhe stehen. Der alte Schwedenschrank aus dem Flur war schneller bei Kleinanzeigen verkauft als die neue Garderobe eingeräumt. Nachdem die große Eichenkommode, eine Kiste und der Schrank aus dem Flur verschwunden waren, war nun jede Menge Platz im Eingang. Wir hatten einfach vorher jede freie Ecke mit einem Möbelstück gefüllt. Nun ist unser Flur recht großzügig und wir können Besucher empfangen, ohne uns ständig irgendwo zu stoßen. Im Wohnzimmer befand sich zu der Zeit auch ein Möbelstück, dass viel Platz wegnahm. Es handelte sich um ein 50er Jahre Küchenbuffet, dass wir vor etlichen Jahren bei einer Online Auktion für schlappe 7,50€ erstanden hatten. Es wurde damals von uns liebevoll aufgearbeitet und weiß gestrichen. Ein richtiges Schmuckstück, das im Laufe der Zeit vom Schlafzimmer ins Wohnzimmer gewandert war. Mein Mann wollte ihn schon länger verkaufen, aber ich hatte mich immer wieder durchsetzen können ihn doch zu behalten. Nun war es aber so, dass dieser schöne Schrank nach mehreren Ausmistaktionen so gut wie leer war. Es stand nur noch der Fernseher darin, zwei Decken in einem Fach und etwas Bürokram in den beiden Schubladen. Dinge im Schlafzimmerschrank unterzubringen war schon eine eigene Sportart für mich geworden und somit schnell erledigt. Der Schrank war also leer und mein Mann freute sich, als ich ihn bei Kleinanzeigen einstellte. Das Pärchen das den Schrank kaufte, verliebte sich sofort in das Relikt der 50er Jahre. Sie hatten ihn zufällig entdeckt und wollten ihn unbedingt haben. Die Sache war nur, dass sich ihr Haus noch im Bau befand und sie noch nicht einmal wussten, wo der Schrank später stehen sollte. Manchmal ist es doch recht amüsant, was einem die Käufer so erzählen. Das Aufladen auf den Anhänger beobachtete ich aus dem Fenster mit Schweißperlen auf der Stirn. Ein paar Mal rutschte und kippte der Schrank beim Versuch ihn auf den Anhänger zu bekommen. Irgendwann klappte es ohne Verletzte und das 50er Jahre Schätzchen fuhr davon. Es ist immer wieder faszinierend, was Möbel mit einem Raum machen. Nach dem gewonnenen Platz im Flur und in der Küche, hatten wir auf einmal auch ein riesiges Wohnzimmer! An der Stelle wo der Schrank früher stand, macht sich heute eine große Kentiapalme breit und der Stauraum fehlt uns ohnehin nicht. Unsere heutige Wohnzimmereinrichtung ist schnell aufgezählt: Neben dem Sofa fühlt sich die große Palme wohl. Gegenüber davon hat ein riesiges Bild eines Waldweges den Fernseher abgelöst, davor baumelt unsere Hängematte hinter der eine Grünpflanze hervorschaut.

Auf der anderen Seite vom Sofa befindet sich der Hundekorb, darüber hängt ein Bild eines spanischen Künstlers, das wir vom Jakobsweg mitgebracht haben. Auf der Fensterbank stehen eine Pflanze, eine alte Lampe und unser Radio. Keine Schrankwand, kein Fernseher, keine Sessel, kein Esstisch, keine Deko, keine Staubfänger und kein Firlefanz. Der Eichenboden und die Pflanzen machen den Raum natürlich und gemütlich. Und wenn man möchte, hat man jederzeit Platz genug um im Wohnzimmer zu tanzen, zu turnen oder einen Kopfstand zu machen.

Plastik überall

Wer schon mal in diversen Blogs über Minimalismus gelesen hat, stößt immer wieder auf ein Thema: Nachhaltigkeit und damit verbunden auf das Thema Plastik. Zwischen den Jahren 1950 und 2015 wurden weltweit 8,3 Milliarden Tonnen Plastik produziert. Das entspricht für jeden Menschen der heute auf der Erde lebt, mehr als eine Tonne Plastik. Ja, Plastik kann schon nützlich sein. So wäre eine medizinische Versorgung ohne Plastik nur schwer möglich. Zurück ins Mittelalter möchte bei einer OP wohl heute niemand mehr und sich vorher mit Schnaps betäuben lassen. Auch Medikamente sind eigentlich immer in Plastik verpackt, bis vielleicht auf den Kinderhustensaft mit Bananengeschmack in Braunglasflaschen. Im medizinischen Bereich wird es wohl schwer auf Plastik zu verzichten. Aber wer sich jetzt einmal in seiner Wohnung umschaut, wird auch dort in fast allen Zimmern und Schränken Kunststoff finden. Orte des Plastik- Grauens sind in den meisten Wohnungen der Kühlschrank und die Küchenschränke. Drogerieartikel und Putzmittel sind ebenfalls fast alle in Plastik verpackt. Das Kinderzimmer ist oftmals ein wahres Plastikparadies aus bunten Bausteinen, Figuren, Spielen und sogar die Kinderzimmereinrichtung besteht manchmal aus Plastik. Doch Plastik überlebt uns um ein vielfaches. So braucht eine weggeworfene Plastiktüte etwa 500 Jahre um sich zu zersetzen. Wenn sie achtlos in den Wald geworfen wird oder im Meer landet, zerfällt sie irgendwann durch Umwelteinflüsse wie Sonne, Regen oder Salzwasser in ihre Einzelteile. Diese zersetzen sich immer weiter, bis man bei einer Größe von unter 5 mm von Mikroplastik spricht. Viele Tiere halten Plastikteile für Nahrung und fressen es. Es wurden schon Pottwale mit ganzen Magenfüllungen voll Plastik tot am Strand angespült. Die Tiere verhungern elendig mit vollem Magen, einem Magen voll Plastik. So ergeht es leider vielen Meeresbewohnern, wie auch Seevögeln die Plastikteile am Strand für Nahrung halten. Frisst ein Speisefisch Mikroplastik, so landet dieser Kunststoff irgendwann als vermeintlich gesundes Lebensmittel auf unserem Teller und dann in unserem eigenen Körper. Na dann, Guten Appetit!

Um sich unseren weltweiten Plastikkonsum einmal bildlich vorstellen zu können, die traurige Wahrheit sieht leider so aus: Pro Minute landet eine Müllwagenlandung Plastik im Meer! Das an jedem einzelnen Tag! Wenn sich nichts ändert, wird im Jahr 2050 mehr Plastik als Fische im Meer schwimmen. Dabei stammt der größte Teil des Plastikmülls aus asiatischen Ländern wie China, Thailand, Indien,

Indonesien und Vietnam. Der Großteil an Plastikmüll in Deutschland, etwa 1/3 besteht aus Verpackungen. Viele Prozent entfallen auch auf das Baugewerbe und auch ein größerer Teil auf die Automobilbranche. Im Durchschnitt verbraucht jeder Deutsche rund 38 kg Plastikverpackungsabfälle pro Jahr. Damit sind wir in Europa trauriger Spitzenreiter. Pro Stunde werfen wir Deutschen mehrere 100.000 Coffee to Go Becher in den Müll. Pro Jahr sind es weltweit 16 Milliarden Becher! Ein Kaffee aus der guten alten Porzellantasse gemütlich im Café oder zu Hause getrunken, schmeckt nicht nur besser, dabei können wir uns auch für einen Moment vom stressigen Alltag entspannen. Wenn es doch unbedingt einmal der Coffee to Go sein muss, kann man sich einfach seinen eigenen Becher auffüllen lassen. In manchen Cafés gibt es sogar einen kleinen Rabatt, wenn man seinen Becher mitbringt. Manche Cafés bieten sogar Mehrwegbecher an.

Wir Deutschen trennen eifrig unseren Müll und machen uns dabei selbst ein gutes Gewissen. Dabei wird nur ein lächerlicher Prozentsatz der Plastikabfälle weiterverwertet. Der Rest landet ungenutzt in Verbrennungsöfen oder wird verschifft. Naturschützer schätzen, dass aus Deutschland bis zu eine Million Tonnen Plastikmüll jährlich in ärmere Länder wie Indien, Indonesien und Malaysia exportiert werden. Dort liegt

unser deutscher Müll dann auf wilden Müllkippen in der Natur oder wird sehr umweltschädlich dort verbrannt. Diese Länder haben selbst ein großes Müllproblem und kriegen unseren Plastikmüll noch oben drauf.
Der normale Alltag sah bei uns noch vor einigen Jahren so aus: Einmal die Woche fuhren wir für unseren Großeinkauf zum Discounter. Zu Hause angekommen wurde das Obst und Gemüse aus seiner Plastikverpackung befreit. Wurst und Käse kauften wir abgepackt in Plastik. Joghurt, Milch, Fleisch und diverse andere Lebensmittel, alles in Plastik. Wenn wir unseren Wocheneinkauf weggeräumt hatten, war der gelbe Sack danach meist voll. So wurde er ohne weiter darüber nachzudenken zugeknotet und landete auf dem Haufen gelber Säcke im Keller. Vier volle Säcke legten wir alle zwei Wochen an die Straße für die Müllabfuhr. Wenn wir mit dem Abendessen fertig waren, stapelten sich die leeren Joghurtbecher, Wurstverpackungen und die Folie der Gurke auf dem Küchentisch. Wir bekamen nicht ohne Grund zwei gelbe Säcke in einer Woche voll! Eine traurige Höchstleistung, auf die wir keineswegs Stolz waren. Doch es ist wie so oft im Leben, unangenehme Tatsachen werden nur zu gern heruntergespielt und darüber hinweg gesehen. Manchmal braucht man einfach einen Denkanstoß der einem die Augen öffnet. Im Internet findet man viele informative Dokus und

sogar einen Kinofilm über unseren Plastik Planet. Was wir dort sahen, ließ uns traurig und nachdenklich werden. Je mehr wir uns über das Thema Plastik informierten, desto bewusster wurde uns, dass wir mit unserem Plastikkonsum nicht nur der Umwelt schaden, sondern auch täglich freiwillig Gift zu uns nahmen.

Da wir mit jedem in Plastik verpackten Lebensmittel Giftstoffe und Weichmacher zu uns nahmen, setzten wir dabei auch unsere Gesundheit aufs Spiel. Ein sehr bekannter Weichmacher ist das Bisphenol A. Er befindet sich in vielen Lebensmittelverpackungen, Spielzeug, Thermopapier von Kassenbons, Kosmetika und der Beschichtung von Konservendosen. Dieser Weichmacher wird auch als Hormongift bezeichnet, denn er wirkt sich auf unseren Hormonhaushalt aus. Leider sind ausgerechnet Kinder dabei besonders gefährdet. In Babyflaschen ist Bisphenol A mittlerweile verboten worden. Einige Hersteller von Kunststoffartikeln verzichten auf Bisphenol A, was allerdings nicht heißt, dass deren Produkte ungefährlicher sind.

Es kommen ständig neue Substanzen und chemische Verbindungen für Plastik auf den Markt, von denen wohl nur die Kunststoffhersteller die genaue Zusammensetzung kennen. Diese Erkenntnis, dass wir unserem Körper und Planeten tagtäglich mit dem erhöhten Plastikkonsum schaden, lies uns nachdenklich werden. Die Bilder von verendeten Tieren mit Magenfüllungen aus Plastik und Kindern, die auf Müllbergen nach Verwertbarem suchten, gaben uns den Rest. Je mehr wir uns mit dem Thema Plastik auseinander setzten, desto bewusster wurde uns, dass etwas gewaltig schief läuft. Wir wollten etwas ändern. Aber wo und wie fängt man am besten an?

Frisch gezapftes Kraneburger

Gedankenverloren stand ich in der Küche. Griff nach der Wasserflasche und drehte sie auf. Wasser in Plastikflaschen! Bei dem Gedanken an die Plastik Dokus ekelte es mich regelrecht, als ich einen Schluck daraus trank. Es fühlte sich an, als würde ich mir freiwillig eine Dosis Gift verabreichen. Wir kauften regelmäßig diese netten Sechserpack PET Flaschen in denen ein Wasser abgefüllt ist, das lange Transportwege hinter sich hat. Zudem war es das Wasser eines Konzerns, dessen Hintergrund wir bis dahin nicht kannten. Ein sehr bekannter großer Konzern, der in jedem Supermarkt zu finden ist und unter anderem auch Schokoriegel, Eis, Tütensuppen, Kaffee, Kosmetik und sogar Tierfutter verkauft. Dieser Konzern kauft Wasserrechte von staatlichen Behörden in Entwicklungsländern wie Afrika oder Äthiopien. Das erlaubt ihm, Wasser direkt unterhalb der Erdoberfläche, also das Grundwasser, in riesigen Mengen abzupumpen. Dieses kostenlose Grundwasser wird gereinigt und in Flaschen abgefüllt um es dann teuer an die Bevölkerung vor Ort zu verkaufen. Die Menschen haben dadurch keinen Zugang mehr zu sauberem Trinkwasser und sind gezwungen, das teure abgefüllte Wasser in Flaschen zu kaufen. Jedoch kann sich ein Großteil der Bevölkerung dieses

Wasser finanziell nicht leisten und greift auf das kostenlose, aber schmutzige und krankmachende Wasser zurück. Wenn es denn überhaupt vorhanden ist. Hinzu kommt, dass der Grundwasserspiegel in diesen Gegenden durch das Abpumpen rapide absinkt. Das gefährdet nicht nur die Menschen die dort leben, sondern auch die Natur.

Dieses Wasser wollten wir auf keinen Fall mehr kaufen und die Machenschaften solcher Großkonzerne nicht weiter unterstützen.

Doch zurück zum Plastikproblem. Als wenn es nicht schon genug Plastik wäre, sind die sechs PET Wasserflaschen auch noch zusätzlich in Folie eingeschweißt. Aber es ist halt so praktisch, da sie leicht sind und sich gut mitnehmen lassen. Wo ist sie nur geblieben, die gute alte Mehrweg Glasflasche? Sie fristet heutzutage ein Schattendasein in Krankenhäusern und Altenheimen, ab und zu verirrt sie sich in Privathaushalte. Der erste Weg in ein plastikfreies Leben führte uns somit zum Getränkemarkt. Die letzten PET Flaschen unseres Haushaltes verschwanden im Automaten. Wenn man die Leerung dieser Automaten einmal gesehen hat, ist man schockiert über die Menge, die dort an PET Flaschen zusammen kommt. Man kann erahnen, dass dies nur ein winziger Teil unseres Plastikmülls ist. Auf der Suche nach Wasser in

Glasflaschen wurden wir schnell fündig. Ein großer Pluspunkt des ausgesuchten Wassers war, dass es aus unserer Region stammt. Es hat keine weiten Transportwege hinter sich und so eine Glasflasche kann bis zu 50 Mal wiederverwendet werden. So weit, so gut. Aber eigentlich war es für uns total sinnfrei, stilles Mineralwasser für viel Geld in Flaschen zu kaufen. Dafür auch noch mit dem Auto zum Getränkemarkt zu fahren um den schweren Kasten nach Hause zu transportieren. Mal abgesehen von dem Energieverbrauch für den Transport und der Reinigung von Flaschen und Kästen. Wir haben das große Glück und leben in einem Teil der Welt, in der frisches Trinkwasser zu jeder Tages- und Nachtzeit verfügbar ist. Wir brauchen nur den Wasserhahn aufdrehen und bekommen das strengst kontrollierteste Lebensmittel Deutschlands ins Haus geliefert. Auf der Internetseite des örtlichen Wasserversorgers kann jeder den Mineralstoffgehalt des eigenen Leitungswassers finden. Also verglich ich das gekaufte Wasser in der Flasche mit unserem Kraneburger. Zu meiner großen Überraschung hatte das Leitungswasser einen besseren Mineraliengehalt als das teure Wasser aus der Flasche. Was liegt also näher, als einfach Leitungswasser zu trinken? Keine Transportwege, kein Kistenschleppen, immer kühl, frisch, griffbereit und ein Liter kostet gerade mal etwa

0,2 Cent. Ein paar Tage Eingewöhnungszeit hat es uns schon gekostet, das Wasser aus dem Hahn zu trinken. Aber heute wissen wir die Vorteile sehr zu schätzen. Für Besucher haben wir immer einige gekaufte Flaschen mit kohlesäurehaltigem Wasser zu Hause. Wer möchte, bekommt natürlich gerne ein Glas kühles Kraneburger. Frisch gezapft versteht sich!

Leben ohne Plastik

Es beginnt also mit kleinen Schritten, mit weniger Plastik im Alltag zu leben und weniger Plastikmüll zu produzieren. Von heute auf morgen schafft es wohl niemand, plastikfrei zu leben. Es dauert einfach seine Zeit, bis man den Großteil an Plastik im Haushalt aufgebraucht oder ersetzt hat. Jeder kennt und hat wohl die berühmte Plastikdosenschublade oder den Plastikdosenschrank in der Küche. An diesem Aufbewahrungsort herrscht eigentlich immer Chaos, weil die meisten von uns schlichtweg zu viele dieser manchmal auch recht teuren Dosen besitzen. Vernünftig stapeln kann man sie ohnehin nicht und es fehlt ständig der passende Deckel, wenn man ihn sucht. Wer schon einmal an diesen Dosen gerochen hat, vermutet wahrscheinlich jetzt nichts Gutes. Lagern wir unsere Wurst, Käse, Gemüse oder die Portion Suppe für die Arbeit darin, gibt das Plastik heimlich, still und leise seine Giftstoffe an unser Essen ab. Dabei ist das härtere Plastik der Mehrwegdosen noch das Harmlosere. Schlimmer sieht es bei Einwegverpackungen aus, die oft sehr viele Weichmacher enthalten. Erhitzen wir solche Verpackungen oder Plastikdosen mit unserem Essen darin, kochen wir uns einen leckeren Chemiecocktail, der mit gesundem Gemüse getarnt ist. Unser Gefühl

diese Dosen weiterhin zu benutzen war kein gutes mehr. Dabei war unsere Plastikdosenschublade noch problemlos zu öffnen und zu schließen, sie war sogar relativ übersichtlich. Da man für die hochwertigeren teuren Plastikdosen noch gutes Geld bekommt, stellten wir kurzerhand die komplette Sammlung online zum Verkauf. Das brachte uns ein nettes Sümmchen ein, welches wir in Edelstahldosen verschiedener Größe investierten. Insgesamt drei Brotdosen für die Arbeit, eine kleine und eine große Dose für Reste vom Kochen. Bis heute kommen wir wunderbar damit aus.
Da wir nun Wasser aus der Leitung tranken, brauchten wir auf Dauer einen Ersatz für die PET Flaschen. Am Anfang nahmen wir einfach Glasflaschen auf Ausflüge oder zur Arbeit mit. Aber das war schon aus gewichtstechnischen Gründen keine Dauerlösung. Nachdem wir wieder ein paar Dinge zu Geld gemacht hatten, kauften wir von unseren Einnahmen drei Edelstahlflaschen. Jeder hat nun seine eigene Flasche die er bei Bedarf mitnimmt. Diese Flaschen halten eine Menge aus und sind einfach unkaputtbar. Mein Sohn benutzt sie für die Schule und zum Sport, da muss das Material einiges aushalten, was man der Flasche mittlerweile aufgrund der vielen Beulen auch ansieht. Trotzdem wird sie ihn noch einige Jahre begleiten, das Geld ist also gut investiert.

Wenn man mit offenen Augen durch die Wohnung oder auch nur die Küche geht, findet man überall Plastik. So hatten wir Pfannenwender, Schüsseln, Strohhalme und allerlei nette Gadgets aus Plastik. Vieles wurde mit einem Schwung aussortiert, einiges nach und nach. Die Plastikdinge einfach wegzuschmeißen ist wenig nachhaltig. Weiter benutzen wollten wir sie aber auch nicht. Also landete alles im Bermuda Dreieck zum Verschenken. So nahmen die Leute wenigstens unser Plastik und benutzten es weiter, anstatt diese Dinge neu zu kaufen. Leider macht sich nicht jeder Gedanken darüber und kauft unbedarft neue Plastikteile für den Haushalt. Bei einem Teil war ich dem plastikfreien Haushalt schon damals voraus, unserem Putzeimer. Das gute Stück hat mehrere Jahre auf dem Buckel, ist aus emailliertem Metall und hat einen Holzgriff am Henkel. Er sieht für sein Alter noch aus wie neu und lässt beim Putzen Nostalgie aufkommen. Dieser Eimer hält im Gegenteil zu seinen Plastikkollegen einiges aus und sollte uns auch die nächsten Jahre noch zuverlässig beim Putzen begleiten.
Auf dem Weg zum plastikfreien Haushalt fanden wir so einige Dinge, die wir leicht gegen plastikfreie austauschen konnten. Holzbrett statt Kunststoffbrett, Holzkochlöffel statt Plastikkochlöffel, Spülbürste aus Holz statt Spülschwamm, Messer mit Holzgriff statt

Plastikgriff, Schüsseln aus Glas und Porzellan statt Plastikschüsseln, Pizzastein statt Backpapier, um nur einige Beispiele zu nennen. Wer jetzt denkt, dass Backpapier doch aus Papier besteht, liegt nicht falsch. Wer sich aber die Verpackung genauer ansieht wird feststellen, dass das so umweltfreundlich aussehende Backpapier mit Silikon beschichtet ist. Silikon das erhitzt wird, verbannten wir als erstes aus unserer Küche. Unsere Großeltern backten die leckersten Kuchen, ganz ohne Silikonformen. Es gibt sie auch heute noch, Backformen aus Blech. Es kann so einfach sein.

Wir müssen lediglich die Uhr einmal um ein paar Jahrzehnte zurückdrehen und schauen, wie es unsere Eltern und Großeltern machten. Vieles können wir uns in unserem heutigen Plastikzeitalter gar nicht mehr vorstellen, aber das heißt nicht, dass es nicht mehr funktioniert. Zum Glück gibt es einen Trend zurück zu Hausmitteln, selbstgestrickten Socken und Marmelade mit Erdbeeren aus dem eigenen Garten.

Ein Teil das uns nach einer plastikfreien Alternative fast zur Verzweiflung brachte war unser Wasserkocher. Plastikwasserkocher sind schon für ein paar Euro zu haben und erhitzen zuverlässig und schnell das Kaffee- oder Teewasser. Doch nicht anders als bei den Plastikdosen oder Silikonformen die erhitzt werden, geben auch Wasserkocher aus Plastik beim erhitzen heimlich still und leise ihre Giftstoffe an unser Wasser ab, aus dem eigentlich ein gesunder Tee oder leckerer Kaffee zubereitet werden soll. Jetzt denkt vermutlich jeder sofort an Wasserkocher aus Edelstahl oder Glas. Doch ein Blick in das Innere dieser vermeintlich plastikfreien Geräte offenbart das ganze Plastikdrama. Entweder ist das Kalksieb oder der Deckel von innen aus Plastik. Unser altes Gerät hatte seinen Dienst quittiert und so brauchten wir einen Ersatz. Sämtliche Suchen nach einem Gerät, bei dem das erhitzte Wasser nicht mit Plastik in Berührung kommt scheiterten vorerst. Da schien ein Gerät die Lösung zu schein, die schon fast in Vergessenheit geraten ist. Die Rede ist vom guten alten Tauchsieder. Der Griff ist zwar aus Plastik, doch das Wasser kommt dank der Edelstahlheizspirale zu keiner Zeit mit Plastik in Berührung. Wir erstanden für ein paar Euro einen alten unbenutzten Tauchsieder aus der ehemaligen DDR, sogar original verpackt im Pappkarton. Er funktionierte tadellos und brachte das Wasser genauso schnell zum kochen wie unser alter Wasserkocher. Doch leider machte er uns auf Dauer einfach nicht glücklich. Das alte Schätzchen hatte nämlich keine Abschaltautomatik und so mussten wir beim Wasser erhitzen daneben stehen bleiben, damit das kochende Wasser nicht minutenlang aus der Edelstahlkanne sprudelte. Dank unseres harten und sehr kalkhaltigem Leitungswassers sah er nach dreimal benutzen fürchterlich aus und musste deshalb ständig entkalkt werden. Nach einem halben Jahr sehnte ich mich förmlich nach einem normalen Wasserkocher und so begann die Suche zu meinem Leidwesen von vorne. Es gibt eine kleine italienische Firma die plastikfreie Wasserkocher verkauft, doch den Preis von über hundert Euro wollten wir nicht dafür ausgeben. Durch einen Zufall fand ich eine stylische günstige Alternative für gerade mal ein Drittel des Preises. Er ist von innen komplett aus Edelstahl und von außen weiß lackiert und funktioniert wie er funktionieren soll, auch wenn die Lautstärke doch schon sehr gewöhnungsbedürftig ist. Irgendwo muss man halt Abstriche machen, gerade bei plastikfreien Geräten ist es oft schwierig gute Alternativen zu finden. Manches lässt sich dafür schneller und einfacher ersetzen.

So kam das Thema Müllbeutel bei uns irgendwann zwangsläufig auf, als ich in der Drogerie stand. Da kauft man Müllbeutel aus Plastik, dessen einziger Sinn darin besteht sie wegzuschmeißen und zahlt auch noch viel Geld dafür. Wie idiotisch es doch ist, Plastik zu kaufen um es dann wegzuwerfen. Dieses Geld können wir uns getrost sparen. Eine große Schublade in unserer Küche ist mit drei Behältern ausgestattet, die sich einzeln heraus nehmen lassen. Den Plastikmüll den wir noch hatten, sammelten wir ab sofort lose in einem Behälter. Wenn er voll ist, wird er in den gelben Sack im Keller ausgeleert. Bei Bedarf lässt er sich schnell auswaschen und ist sofort wieder einsatzbereit. Den Behälter für Biomüll kleiden wir mit Zeitungspapier aus, das unsere Nachbarin täglich in die Papiertonne wirft. Der Papiermülleimer wird ebenfalls geleert wenn er voll ist. Früher hatten wir viel Restmüll, aber das änderte sich schlagartig. Ich schaute mir ein paar Wochen lang genau an, was eigentlich alles bei uns im Restmüll landete. Das waren etwas Nähgarn oder mal ein alter Putzlappen, aber hauptsächlich Papiertaschentücher. Genau die Taschentücher, die portionsweise noch extra in Plastik verpackt sind. Wer auf solche Plastik- und Müllsünden verzichten möchte, sollte sich fragen: Wie hat es Oma gemacht? Genau, mit Stofftaschentüchern! Die lassen sich heiß waschen und immer wieder benutzen. Ekelig fand ich den Gedanken zuerst auch. Aber mal ehrlich, wer läuft den ganzen Tag mit einem vollgerotzten Papiertaschentuch in der Tasche durch die Gegend? Wenn es stark benutzt ist, kommt es in den Müll. Das Stofftaschentuch in dem Fall in den Wäschekorb. Damit ich beim Waschen nicht die unappetitlichen Taschentücher meiner ganzen Familie einzeln in der Hand habe, sammeln wir diese in einem extra Wäschenetz aus Baumwolle. Das kann ich wenn es voll ist einfach komplett mit in die Waschmaschine geben. Die Stofftaschentücher machen die Nase auch nicht so kaputt wie die aus Papier, habe ich bei meiner letzten Erkältung festgestellt. Neben dem gesparten Müll ein weiterer Vorteil. An dem Tag, an dem die Stofftaschentücher in unseren Haushalt einzogen, zog unser Restmüll aus. Ab und zu fallen mal ein paar Kleinteile an, diese entsorge ich dann direkt in der Restmülltonne. Wer nicht viel Müll produziert, muss ihn seltener rausbringen und braucht eventuell sogar weniger oder keine Mülleimer. Mal wieder Zeit und Geld gespart und die Umwelt freut sich ebenfalls.

Einkaufen auf dem Wochenmarkt

Die Mehrweg- Plastikartikel in unserem Haushalt waren allerdings das geringere Übel. Die gelben Säcke die sich jede Woche aufs Neue im Keller stapelten, kamen nämlich nicht von Brotdosen oder Pfannenwendern. Bei jedem Einkauf kauften wir Unmengen aus Plastik mit, ohne darüber nachzudenken. Wer einmal bewusst durch den Supermarkt schlendert, findet nur wenige Lebensmittel die nicht in Plastik verpackt sind. Doch wir machten uns trotzdem auf die Suche und nahmen es als sportliche Herausforderung an. Wie Detektive schlichen wir mit unserem Einkaufszettel durch die Supermarktgänge. Man sieht die Lebensmittel auf einmal mit ganz anderen Augen und entdeckt sogar viel Neues. Am Kühlregal wurden wir schnell fündig. Milch und Joghurt gab es im Pfandglas, aber bei Sahne hörte der Spaß dann schon wieder auf. Süßigkeiten und Chips habe ich bisher in keinem Supermarkt plastikfrei finden können. Wer ist eigentlich auf die Idee gekommen Salatgurken in Plastik einzuschweißen? Auch Lebensmittel die man eigentlich nur in Papierverpackungen kennt, sind heutzutage schon oft in Plastik verpackt, wie zum Beispiel Mehl und Zucker. Nudeln bekommt man zwar im Karton, aber mit einem Sichtfenster aus Kunststoff. Spätestens bei den

Drogerieartikeln verließ uns langsam der Mut. Von unserem Einkaufszettel landete weniger als die Hälfte im Korb. Die Frage die man sich nach so einem frustrierenden Einkauf stellt, liegt da nahe. Wie hat es Oma gemacht? Genau, sie hat Obst und Gemüse selbst angebaut oder ist zum Wochenmarkt gegangen! Für einen Gemüsegarten ist unser Garten leider zu klein. Aber der Wochenmarkt ist für uns in fünf Minuten mit dem Fahrrad zu erreichen. Dienstags und freitags gibt bei uns in der Stadt einen größeren Wochenmarkt, samstags sind es ein paar einzelne Stände. Wir haben also oft genug die Gelegenheit frisches Obst und Gemüse plastikfrei einzukaufen. Als ich das erste Mal mit meinen Stoffbeuteln und Edelstahldosen bepackt aufs Fahrrad stieg und Richtung Wochenmarkt fuhr, war ich schon etwas aufgeregt. Ich hatte mir vorgenommen, auch den Käse plastikfrei zu kaufen und ohne einen Schnipsel Verpackung wieder nach Hause zu fahren. Obst, Gemüse und Kartoffeln direkt in die Stoffbeutel zu packen war überhaupt kein Problem. Viele Kunden bringen dort ohnehin ihre eigenen Taschen und Körbe mit. Dann ging ich zum Käsewagen. „Hallo, ich hätte gerne ein Stück Gouda. Können sie es mir bitte direkt in meine Dose einpacken?“fragte ich etwas aufgeregt. „Aber gerne doch, kein Problem“, antwortete die Käseverkäuferin sehr freundlich und nahm die Dose an.

Mit frischem Gouda gefüllt bekam ich sie über Theke zurück und fühlte mich, als hätte ich gerade einen Preis gewonnen den ich nun in Empfang nahm. Sichtlich stolz über meinen ersten Erfolg auf dem Wochenmarkt, radelte ich zufrieden nach Hause. Plastikfrei einkaufen fühlt sich gut an und macht Spaß! Es war also alles gar nicht so schwierig wie ich vorher gedacht hatte. Zuhause angekommen, packte ich das frische Obst und Gemüse aus meinen Stoffbeuteln aus, stellte die Dose mit dem Käse in den Kühlschrank und freute mich riesig, dass ich es das erste Mal geschafft hatte plastikfrei einzukaufen. Das unverpackte Gemüse sah sehr bunt, appetitlich und lecker aus in unserer Gemüseschale aus Edelstahl. Ich machte mit dem Handy ein Foto und schickte es meinem Mann, der das Bild ebenfalls sehr ansprechend fand. Seit diesem Tag fahre ich zweimal die Woche zum Markt und hole unser Obst und Gemüse nur noch dort. Mein Fahrrad habe ich dafür mit zwei großen Packtaschen ausgestattet in denen ich alles gut mitbekomme. Mit der Zeit ging ich immer öfters beim Biobauern auf dem Markt einkaufen und bin mittlerweile dort eine feste Stammkundin. Er baut einige Lebensmittel selbst an oder bezieht es wenn möglich aus der Region. Das Obst und Gemüse schmeckt uns einfach besser und auf die Pestizide verzichten wir nur allzu gerne. Zudem unterstützen wir

so die Bauern aus unserer Umgebung. Dadurch, dass wir nicht mehr unbedacht diesen ganzen Schnickschnack zwischendurch kaufen, sparen wir viel Geld, was es uns möglich macht Lebensmittel in Bioqualität zu kaufen. Für uns ist es eine Investition in die eigene Gesundheit. Warum sollte unser Auto den besten Sprit bekommen, aber wir selbst stopfen nur minderwertige Lebensmittel in uns hinein, die eventuell sogar krank machen?
Die Lebensmittelindustrie will natürlich nur unser Bestes, nämlich unser Geld. Die Gesundheit der Menschen spielt dabei leider eine untergeordnete Rolle, Hauptsache der Profit stimmt. Jeder sollte sich selbst den Gefallen tun und einmal genau auf die Zutatenlisten der einzelnen Lebensmittel schauen. Unser Motto dabei lautet: Was wir nicht kennen oder aussprechen können, essen wir nicht!
Jeder von uns hat die Wahl, was er kauft und ob er seinem Körper gute oder schlechte Nahrung zuführt. Zudem ist dein Kassenbon ein Stimmzettel!
Für oder gegen Plastik, bio oder konventionell, Massentierhaltung oder veganes Schnitzel, Zuckerbomben oder gesundes Nahrungsmittel, für oder gegen Kinderarbeit, einen Hungerlohn oder lieber die faire Bezahlung der Kaffeebauern unterstützen. Um jetzt nur einige Beispiele zu nennen. Der Konsument hat die Macht, so bestimmt die Nachfrage das Angebot. Kaufen

wir ab morgen alle nur noch die Gurken ohne Plastikfolie, wird es bald keine verpackten Gurken mehr geben. Die Konzerne wollen schließlich nur eins, verkaufen. Wir müssen uns als Konsument unserer Macht bewusst werden und unsere eigenen Einkäufe mit kritischen Augen sehen, nur so können wir gemeinsam etwas ändern. Für uns, unsere Gesundheit, unsere Kinder und unseren Planeten Erde. Wer möchte schon gerne unmenschliche Arbeitsbedingungen und Kinderarbeit unterstützen? Wer bewusst einkauft, dabei vielleicht sogar auf Fairtrade, regionale oder Bio-Lebensmittel setzt, kann seinen kleinen Teil zu einer besseren Welt und dem Klimaschutz beitragen. Wir sollten uns mehr damit beschäftigen, wo unsere Lebensmittel eigentlich herkommen und wer sie zu welchen Bedingungen produziert hat.
Der Minimalismus hat uns die letzten Jahre auch eins gelehrt: Alles zu hinterfragen!
Nicht einfach der Masse hinterher zu laufen. Nur weil alle in die gleiche Richtung stürmen, heißt das nicht, dass es der richtige Weg ist.

Unverpackt Einkaufen

In der heutigen Zeit kommt man bei Lebensmitteln selten um Verpackungen herum, so bleibt Plastik auch in der Ernährung immer wieder ein Thema.
Die Wochenmarkteinkäufe ließen unseren Plastikmüll schon drastisch weniger werden. Dass wir nur noch Milch und Joghurt in Glaspfandflaschen kauften, trug ebenfalls seinen Teil dazu bei. Einige andere Lebensmittel wie passierte Tomaten und Hülsenfrüchte fanden wir im Einweg Glas. Doch leider blieb unsere Suche nach plastikfreien Lebensmitteln in einigen anderen Bereichen erfolglos. Gummibärchen plastikfrei im Supermarkt zu finden blieb ein Ding der Unmöglichkeit. Genauso einige trockene Lebensmittel wie Reis oder Linsen. Auf der Suche nach einer Alternative stieß ich auf die Lösung: den Unverpackt Laden. Leider ist der nächste Unverpackt Laden etwa 25 km von uns entfernt. An einem Samstag befanden wir uns ganz in der Nähe und machten einen Abstecher dorthin. Als wir den Laden betraten, kamen wir aus dem Staunen gar nicht mehr heraus. Dort gab es fast alles Erdenkliche unverpackt und plastikfrei zu kaufen. Ein wahres Paradies für uns neugebackenen Plastikverweigerer! Hülsenfrüchte, Reis, Nudeln, Süßigkeiten, Trockenobst, sogar Hygieneartikel vom

Shampoo bis zum Klopapier findet man dort plastikfrei. Allerdings bedeutet plastikfreies Einkaufen auch etwas Vorbereitung. Da alle Lebensmittel und andere Produkte dort lose verkauft werden, bringt man seine eigenen Behälter und Dosen von zu Hause mit. Ganz unvorbereitet waren wir natürlich nicht und hatten ein paar Gläser, Stoffbeutel und unsere Edelstahldosen dabei. Diese werden vor dem Befüllen gewogen und dann mit dem Gewicht beschriftet. Nun kann man sich die ganzen Leckereien abfüllen. An der Kasse wird der gefüllte Behälter wieder gewogen und das Leergewicht abgezogen. Klingt vielleicht erst einmal kompliziert, war es für uns das erste Mal auch.

Wir standen dort in diesem Laden und kamen uns vor, wie in einer anderen Welt. Eine Welt, die uns sofort sehr gefiel. Die Lebensmittel sehen einfach viel appetitlicher und ansprechender aus, ohne die bunten Plastikverpackungen. So ähnlich sahen die Lebensmittelläden vermutlich auch zu Zeiten unserer Großeltern aus, die typischen Tante Emma Läden.

Das erste Mal im Unverpackt Laden gingen wir regelrecht auf Schatzsuche. Es gibt so viel tolle Dinge, die diesen ganzen Plastikkram total überflüssig machen. Kochutensilien aus Holz oder Edelstahl sehen nicht nur ästhetischer aus, sondern fühlen sich auch besser und wertiger an. Zudem sind Gebrauchsgegenstände aus

Edelstahl eigentlich unkaputtbar, halten somit ein Leben lang und können problemlos in der Spülmaschine gereinigt werden. Das erste Mal im Unverpackt Laden hätten wir einfach alles kaufen können! Wir fanden immer wieder Dinge, die wir auf Dauer ersetzen wollten. Gehe ich heute dort stöbern, finde ich nicht mehr viel was wir durch plastikfreie Dinge ersetzen könnten. Auch aus dem Grund weil wir vieles einfach nicht mehr brauchen. Mittlerweile fahren wir einmal im Monat zum Unverpackt Laden und füllen unsere trockenen Lebensmittel wie Reis, Linsen, Nudeln, Nüsse und Trockenobst auf. Ebenso kaufen wir dort Dinge die ich zum Putzen brauche wie Spülmittel, Zitronensäure, Natron und Seife. Für den plastikfreien Einkauf haben wir fleißig leere Schraubgläser gesammelt die sonst im Altglascontainer gelandet wären. Was wiederum eine Menge Geld und Ressourcen spart. Um die 25 km nicht extra nur für den Unverpackt Laden zu fahren, verbinden wir die Fahrt oft mit anderen Besorgungen oder einem Besuch in unserem Lieblingscafé.

Die Einkäufe auf dem Wochenmarkt gehören heute zu meinem Alltag, ebenso die Fahrt einmal im Monat zum Unverpackt Laden. Ein paar andere Dinge kaufe ich im Glas im Drogeriemarkt oder im Bioladen. Konventionelle Supermärkte besuchen wir nur noch

sehr selten für ein paar Kleinigkeiten. Der Discounter hat uns endgültig als Kunden verloren.
Es waren viele kleine Schritte die auch eine Veränderung der Gewohnheiten verlangten, aber es hat sich gelohnt. Von ehemals zwei gelben Säcken in der Woche, haben wir unseren Plastikkonsum auf einen gelben Sack in drei Monaten reduziert! Manchmal stehe ich immer noch ungläubig in unserem Keller und versuche mir den ehemaligen Plastikmüllhaufen, der sich dort Woche um Woche ansammelte, bildlich vorzustellen.
Wie lecker doch ein gedeckter Abendbrottisch ohne Plastik aussehen kann. Der selbstgemachte Hummus ist in einem Bügelglas abgefüllt und die Aufstriche sind ebenfalls im Glas. Das in Streifen geschnittene Bio-Gemüse liegt schön angerichtet auf dem weißen Porzellanteller und daneben wird unser selbst-gebackenes Brot auf einem großen Holzbrett geschnitten. Das Auge isst ja bekanntlich mit. Vorbei sind endgültig die Zeiten, in denen wir beim Frühstück und Abendbrot Müllberge wie Wolkenkratzer stapelten. Da schmeckt das Essen gleich doppelt so gut. Nicht nur unser Besitz wurde immer kleiner, auch unser Müll reduzierte sich immer weiter.

Putzen wie zu Omas Zeiten

Beim Blick in unsere Putzmittelschublade sah das Ganze zu der Zeit noch nicht so plastikfrei aus. Dort befanden sich ein paar wirkliche Umweltsünden über die ich mir vorher noch nie Gedanken gemacht hatte. Abgesehen von den Plastikflaschen in denen die Mittelchen abgefüllt waren, waren sie auch mit allerlei netten Symbolen gekennzeichnet, die den Eindruck erweckten, dass man mit ihnen Memory spielen kann. So fanden sich auf unseren Putzmittelflaschen Symbole mit Totenköpfen, Lagerfeuern oder toten Fischen, die mit ihren schrillen Verpackungen einer Kirmes im Dunkeln schon sehr nahe kamen. Die Industrie und Werbung hatte ganze Arbeit geleistet und uns glauben lassen, dass wir für jeden Bereich im Haus ein eigenes Mittelchen brauchten. Dass ich beim Dusche putzen ständig niesen musste und mir die Augen tränten, hätte mich eigentlich schon früher stutzig machen sollen. Fenster auf und durch, muss ja schließlich sauber werden, ging es mir dabei durch den Kopf. Doch es gibt auch Putzmittel, die der Umwelt und der Gesundheit weniger schaden und teilweise sogar essbar sind. Essig und Spülmittel hat wohl jeder im Haus. Natron und Zitronensäure gibt es in der Drogerie für wenige Euro

sogar in Papier verpackt und natürlich im Unverpackt Laden.
Doch was macht man mit den vorhandenen Putzmitteln? Sie einfach in den Ausguss zu kippen erschien mir völlig sinnlos. Schließlich würde es dann trotzdem im Abwasser landen und das Ganze ohne irgendeinen Nutzen. Ich entschied mich es aufzubrauchen, wenn auch mit einer gehörigen Portion schlechtem Gewissen. Besser späte Einsicht als gar keine, beruhigte ich mein Gewissen. Das Aufbrauchen zog sich wie Kaugummi in die Länge und nervte mich unheimlich. Die Putzalternativen warteten schließlich schon im Schrank auf ihren Einsatz und ich war gespannt, ob sie funktionieren würden. Irgendwann war der Tag gekommen, der Badreiniger mit den toten Fisch- Symbolen in der Plastikflasche war aufgebraucht und ich fing euphorisch an das Waschbecken mit Essig zu putzen. Doch die Ernüchterung ließ nicht lange auf sich warten. Der Kalk war zwar weg, das Waschbecken sah aber immer noch schmierig aus. Genauso die Dusche und die Toilette. Es fehlte einfach die fettlösende Substanz, die ich in Form von Öko-Spülmittel fand. Essig finde ich vom Geruch her schrecklich, daher probierte ich etwas anderes aus. Aus etwas Zitronensäure in Pulverform und einem Schuss Spülmittel mischte ich einen Badreiniger in die leere

alte Plastiksprühflasche. Mit dieser Mischung putze ich bis heute unser Badezimmer und er funktioniert für mich tadellos. Die Plastiksprühflasche war schnell kaputt und den Reiniger fülle ich nun in ein altes Schraubglas ab. Unsere Edelstahlspüle wische ich mit einem Schuss Essig auf dem Spülschwamm aus und putze sie danach trocken. Zum Fensterputzen kommt einfach nur ein Spritzer Spülmittel in das Putzwasser. Unsere Putzmittel sind jetzt umweltfreundlich und um meine Gesundheit brauche ich mir beim Putzen keine Gedanken mehr zu machen. Öko- Spülmittel, Natron, Essigessenz und Zitronensäure sind alles, was man bei uns im Putzschrank findet. Dazu Putzlappen aus Baumwolle, Schwämme aus Sisal, eine Holzspülbürste, ein Wischmop aus recycelter Baumwolle und ein Schrubber aus Holz mit veganen Naturborsten. Eine Zeitlang habe ich sogar unser Waschmittel selbstgemacht, aus Kernseife, Soda und Natron. Doch unser kalkhaltiges Wasser spielte da auf Dauer leider nicht mit. Die Waschmaschine sah fürchterlich aus, das Bullauge war total verkalkt und das Spülfach schmierig. Die Suche nach einer plastikfreien Alternative ging also weiter. Unsere heimischen Kastanien sollen gut zum Waschen funktionieren, allerdings hatte ich den Zeitpunkt zum Sammeln leider verpasst. Aber Waschmittel in Plastikflaschen wollte ich auf keinen Fall mehr kaufen und suchte mal wieder nach einer passenden Lösung. Es gibt viele tolle Waschmittelrezepte im Internet und so stieß ich auf Efeu zum waschen. Für die Wäsche mit Efeu muss ich etwa zehn große dunkelgrüne Efeublätter etwas klein reißen und in einem Wäschenetz mit in die Waschtrommel geben, dazu einen Schuss Essig in das Weichspülerfach und unsere Wäsche kommt sauber und frisch aus der Maschine. Allerdings benutze ich für weiße Wäsche ein Öko- Waschmittel im Pappkarton, da das Efeu manchmal grüne Flecken hinterlässt. Aber unsere dunkle Wäsche ist nach dem Waschen mit Efeu richtig schön weich und riecht frisch, allerdings ohne Duft. Auf den künstlichen Waschmittelgeruch können wir ohnehin gut verzichten und sind sogar mittlerweile ziemlich empfindlich gegen nach Weichspüler riechende Wäsche geworden, die man bei manchen Mitmenschen schon zehn Meter gegen den Wind schnuppern kann. Auf Weichspüler sollte man ohnehin der Umwelt und seiner Gesundheit zuliebe verzichten. Denn die eingesetzten Duft-, Farb- und Konservierungsstoffe können Juckreiz, Hautrötungen und allergische Reaktionen hervorrufen. Viele Inhaltsstoffe stehen sogar in Verdacht krebserregend zu sein. Die enthaltenen Chemikalien im Weichspüler dringen beim Waschen in unsere Kleidung, Bettwäsche und

Handtücher ein und setzen sich dort fest. Beim Tragen der Kleidung nehmen wir diese Chemikalien über unsere Haut und Atemwege auf, die schwere gesundheitliche Probleme verursachen können. Der Umwelt schadet Weichspüler zudem enorm. Obwohl die Hersteller heutzutage darauf achten, dass die in ihrem Weichspüler enthaltenen Tenside biologisch abbaubar sind, lassen sich die Duft- und Farbstoffe nicht komplett aus dem Abwasser herausfiltern. Diesbezüglich gibt es leider auch keine gesetzlichen Vorgaben. Doch Weichspüler hat sogar einen wirklichen Ekelfaktor. Wusstet ihr, dass im Weichspüler Schlachtabfälle verarbeitet sind? Dieser ist sogar meist Hauptbestandteil der Produkte. Aus den Fetten der Schlachtabfälle werden die kationischen Tenside gewonnen. Der Talg legt sich um die Kleidungsfasern und macht sie so schön weich und geschmeidig. Doch auch in der Waschmaschine hinterlässt er einen schmierigen Film, der in der Waschtrommel und im Weichspülerfach haften bleibt. Ein beliebter Nährboden für Bakterien und Pilze. Dieser lässt die Waschmaschine irgendwann unangenehm riechen und im schlimmsten Fall sogar schimmeln. Auf weiche Wäsche muss trotzdem niemand verzichten und gerade in Gegenden mit hartem Wasser macht ein Weichspülerersatz durchaus Sinn. Die umweltfreundlichere, gesündere und vegane Alternative hat wohl jeder in seinem Küchenschrank: Essig. Ein Schuss davon ins Weichspülerfach und die Wäsche wird genauso weich, ganz ohne Ekelfaktor. Nach dem Trocknen riecht die Wäsche neutral, einfach nur wie frisch gewaschen. Der Essiggeruch verfliegt vollständig. Es funktioniert als Weichspülerersatz aber auch Natron sehr gut. Für weiße Wäsche kann man etwas Zitronensäure nehmen, da diese sogar aufhellend wirkt.

Wasser ist zum Waschen da

Die Küche war für uns damals der Anfang in eine plastikfreie Zukunft. Wer sich einmal im eigenen Badezimmer umschaut, wird auch dort einiges an Plastik finden. Shampoo, Seife, Duschbad, Bodylotion, Handcreme, Schminkprodukte, Zahnpasta, einfach alles ist heutzutage in Plastik verpackt. Als wenn das nicht schon schlimm genug wäre, bestehen auch noch viele Inhaltstoffe dieser Kosmetikartikel ebenfalls aus Plastik. Es sind schwer abbaubare Stoffe in fester oder flüssiger Form. Wenn in den Inhaltsstoffen Begriffe zu finden sind die mit Poly… beginnen, wie zum Beispiel Polyamid (PA), Polyethylene(PE), Polypropylene (PP), Polystyrene (PS), Polyurethane (PU), handelt es sich um Kunststoff. Aber Kunststoff verbirgt sich auch hinter Begriffen wie Acrylate oder Nylon.

Wusstet ihr, dass sich eine Frau durchschnittlich bis zu 500 verschiedene Chemikalien täglich auf die Haut schmiert? Und das ganz freiwillig. Die Morgenroutine der meisten Menschen sieht dann in etwa so aus: Eine Haarwäsche mit Silikonen für glänzende Haare, ein Duschgel mit Peeling Effekt für samtweiche Haut und etwas Mikroplastik in der Zahnpasta für strahlend weiße Zähne. Mit der Zahnbürste aus Plastik werden dann die Beißerchen geschrubbt, um anschließend die

Haarpracht mit einer Plastikbürste zu kämmen und mit Haargel, das ebenfalls Kunststoffe enthält, zu frisieren. Dazu eine künstlich duftende Creme mit Erdöl in Form von Paraffin, eine Bodylotion mit einer Prise hormonverändernder Substanzen wie Parabene, unter die Achseln wird ein schweißhemmendes Deo mit Aluminium geschmiert und schon ist ein Chemiecocktail fertig, den wir uns tagtäglich freiwillig auf die Haut schmieren. Dabei kennt kaum jemand die Inhaltsstoffe der eigenen Kosmetik die er tagtäglich benutzt. Unsere Haut ist mit etwa 1,9 Quadratmetern das größte menschliche Organ und nimmt schädliche Substanzen, zum Beispiel über Cremes, sehr gut auf. So gelangen allerlei schädliche Substanzen in unseren Körper die uns auf Dauer krank machen können. Hinzu kommt, dass Kosmetik wie Shampoo, Peelings und Duschgel durch den Abfluss ins Abwasser gelangen und in unserer Umwelt weiteren Schaden anrichten. Viele Kosmetikartikel enthalten schwer abbaubare Inhaltsstoffe die der Umwelt massiv schaden. Die Kläranlagen können Substanzen wie Mikroplastik nicht herausfiltern und so gelangt es zurück in den Wasserkreislauf und somit in Bäche, Flüsse, Seen und zuletzt im Meer. Schauen wir uns einmal die Inhaltsstoffe einer 08/15 Creme aus der Drogerie an, werden die meisten von uns nur Bahnhof verstehen.

Viele dieser Inhaltsstoffe können wir kaum aussprechen. Wie sollen wir da wissen, um welche Substanz es sich eigentlich handelt? Von Parabenen hat vermutlich jeder schon mal etwas gehört. Sie stehen in Verdacht hormonell wirksam zu sein und Diabetes, Unfruchtbarkeit, hormonbedingte Krebsarten und eine verfrühte Pubertät auszulösen. Auch Erdöl ist in Kosmetikprodukten weit verbreitet. Hinter den Begriffen Paraffinum Liquidum, Wax, Vaseline, Mineral Oil oder Petrolatum verbirgt sich Erdöl. Über Aluminium in Deos wurde in den Medien schon viel berichtet. Es soll allergieauslösend, nervenschädigend und krebserregend sein. Mittlerweile haben die Hersteller reagiert und es finden sich viele Deos ohne Aluminium auf dem Markt. Auch der so harmlos klingende Begriff Duftstoff ist nicht immer ungefährlich. Er steht als Parfum oder Fragrance auf der Verpackung. Duftstoffe wie nitro- oder polyzyklische Moschusverbindungen sind sogar giftig für unseren Körper. Sie sollen krebserregend sein, ebenso wie der Duftstoff Coumarin, der zudem als leberschädigend und allergieauslösend gilt. Es gibt noch viele weitere Inhaltsstoffe, die uns nicht nur vermeintlich besser aussehen und duften lassen, sondern auch unserer Gesundheit massiv schaden. Um einen besseren Durchblick zu bekommen, gibt es mittlerweile tolle kostenlose Apps die uns dabei

helfen, schädliche Inhaltsstoffe in Kosmetikartikeln schnell zu erkennen.
Warum schmieren wir uns Tag für Tag etwas auf die Haut, von dem wir noch nicht einmal wissen was es eigentlich ist? Vermutlich, weil die Werbung mal wieder ganze Arbeit geleistet hat! Warum gibt es Menschen, die es tatsächlich schaffen ganz ohne Creme zu leben und eine tolle strahlende Haut haben? Die Antwort ist einfach, eine gesunde Haut kann in den meisten Fällen sehr gut für sich selbst sorgen. Ausgenommen dabei sind natürlich akute oder chronische Hautkrankheiten. Aber eine gesunde Haut kommt ohne diesen ganzen Firlefanz gut zurecht, lernt sich selbst zu versorgen und wird es uns danken. Auf der Suche nach plastikfreier Kosmetik habe ich so einiges ausprobiert. Der erste Schritt war, alle zu Hause vorhandenen Kosmetikprodukte aufzubrauchen. Sie einfach wegzuwerfen ist wenig nachhaltig. Es sei denn, es handelt sich um Artikel mit schädlichen Inhaltsstoffen, die man nicht weiter benutzen möchte. Am liebsten wollte ich von heute auf morgen unseren kompletten Haushalt auf plastikfrei umstellen und die Plastikflaschen aus unserem Badezimmer sofort verbannen. Ja es nervte, Dinge aufzubrauchen die wir nicht mehr haben wollten. Aber so hatte ich die Zeit schon mal in Ruhe nach Alternativen Ausschau zu halten. Also war die erste

Maßnahme unser Badezimmer vom Plastik zu befreien, alles aufzubrauchen! Beim nächsten Einkauf in der Drogerie schaute ich schon mal nach plastikfreien, gesunden Alternativen. Ich studierte sämtliche Inhaltsstoffe der verschiedenen Packungen. Bei Naturkosmetik kann man schon mal Glück haben und die Inhaltsstoffe sogar aussprechen und verstehen. Allerdings ist auch Naturkosmetik nicht immer frei von gesundheitsschädlichen Inhaltsstoffen. Plastikfrei verpackte Kosmetik fand ich auch im Bioladen nicht. Der erste plastikfreie Drogerieartikel in unserem Badezimmer war damals ein Stück Seife. Tatsächlich, es gibt sie immer noch die gute alte Seife am Stück! Im Pappkarton verpackt kommt sie ohne Plastik daher. Das brachte mir einen ersten Hoffnungsschimmer. Nach dem Blick auf die Inhaltsstoffe ließ ich sie jedoch im Regal liegen. Viele unaussprechliche Stoffe standen dort, die wenigsten davon kannte ich. Außer eines war mir geläufig, der Inhaltsstoff Palmöl. Wer sich mit seiner Ernährung und Kosmetik auseinandersetzt, trifft zwangsläufig irgendwann auf den Begriff Palmöl. In vielen Pflegeprodukten ist es enthalten, da es als rückfettend und antioxidativ gilt. Palmöl versteckt sich hinter Begriffen wie Palmate, Palmitate, Palmitinsäure, Palmitoyl, Palmolein. Findet man in einem Begriff „Palm“, egal ob am Anfang oder in der Mitte des

Wortes, kann man sicher sein, dass Palmöl verwendet wurde. Allerdings tarnt es sich auch hinter Begriffen wie Cetearyl Alcohol, Stearic Acid oder Glyceryl Stearate. Es ist das weltweit am meisten verwendete Pflanzenöl und kommt in Lebensmitteln, Kosmetikartikeln, Waschmitteln und Kerzen vor. Palmöl ist ein sehr günstiges, aber auch minderwertiges Öl. Es steht sogar in Verdacht krebserregend zu sein, da bei der Verarbeitung, vor allem bei hoher Temperatur raffinierte Öle, verschiedene gefährliche Stoffe sogenannte Fettsäureester entstehen. Für den Anbau von Palmöl werden weltweit jede Minute etwa 42,2 Fußballfelder Regenwald unwiederbringlich zerstört. Viele Tiere verlieren für immer ihren Lebensraum, aber auch die Menschen vor Ort werden für den Anbau von Palmöl von ihrem Land vertrieben. In den Monokulturen der Palmölplantagen finden Tiere wie Affen, Elefanten und Tiger weder Schutz noch Nahrung. Der Lebensraum der Orang- Utans ist besonders extrem gefährdet. Auf Palmöl zu verzichten ist eine Herausforderung die aber zu meistern ist. Diese Umweltzerstörung wollte ich nicht länger unterstützen und es hatte die Suche nach einer palmölfreien Seife für mich begonnen.

Zu meiner Überraschung wurde ich im Bioladen direkt fündig. Eine Seife aus Syrien ist zwar nicht regional, entsprach aber all meinen strengen Suchkriterien. Diese dicken braunen Seifenklötze hat vermutlich jeder schon einmal im Bioladen gesehen. Es handelt sich um Aleppo Seife, die auch heute noch nach traditioneller Art in langwierigem Verfahren von Hand hergestellt wird. Sie ist 100% pflanzlich, biologisch abbaubar, tierversuchsfrei und vegan. Ihre Inhaltsstoffe bestehen lediglich aus Olivenöl und einem Teil Lorbeeröl. Diese Seife riecht natürlich, ist hautpflegend und wirklich sehr ergiebig. Zudem ist sie plastikfrei verpackt, da sie entweder nackig oder mit einer Papierbanderole verkauft wird. Wir sind bis heute der Aleppo Seife treu geblieben, weil wir ihre Vorteile sehr zu schätzen wissen. Den Geruch vieler handelsüblicher Seifen mögen wir mittlerweile gar nicht mehr, da sie uns einfach zu künstlich und intensiv riechen. Ich finde es immer wieder lustig wie Besucher reagieren, wenn am Waschbecken ein Stück Seife liegt! Sind es heute doch die meisten Menschen gewohnt, sich die Hände beim Waschen mit einem Klecks Flüssigseife aus dem stilvollen Seifenspender einzuseifen. Vor allem Kinder finden ein Seifenstück total ungewöhnlich.

Der Ärger über teuer gekaufte Seifenspender die regelmäßig kaputt gehen, gehört nun endlich für uns der Vergangenheit an. Für unsere Seife habe ich eine Seifenablage aus zertifiziertem Buchenholz „Made in

Germany“ besorgt. Nachhaltiger kann man sie wohl nicht platzieren. Obwohl ich Flüssigseife vorher bereits im Nachfüllpack gekauft habe, sparen wir mit einer Seife am Stück eine Menge Plastik. Seifenspender die ständig kaputt gehen, machen immerhin auch eine Menge Müll und kosten viel Geld. Der Anblick des Seifenstücks am Waschbecken war zunächst etwas ungewohnt, aber die Freude über unseren ersten plastikfreien und umweltfreundlichen Kosmetikartikel war riesig. Motiviert durch diesen kleinen Erfolg, machte ich mich auf die Suche nach der nächsten Herausforderung, einem plastikfreien Shampoo. Auf Naturkosmetik war ich bereits lange Zeit vorher schon umgestiegen. Aber auch diese Shampoos gibt es meist nur in Plastikflaschen. Doch zu meiner Überraschung fand ich in der Drogerie nach längerem Suchen sogar Shampoo am Stück eines Naturkosmetikherstellers. Es sieht aus wie ein Stück Seife und ist ganz plastikfrei in einer Pappschachtel verpackt. Man reibt das Shampoostück einfach mehrmals über die nassen Haare. Dabei schäumt es wie normales Shampoo und lässt sich gewohnt verteilen und einmassieren. Ausspülen, trocken föhnen und die Haarpracht sieht aus wie immer. Eigentlich ist es fast zu einfach beim Shampoo Plastikmüll zu sparen. Es gibt übrigens ebenfalls Duschbad in fester Form. Darauf habe ich aber verzichtet und mich einfach mit dem Schaum vom Shampoo eingeseift. Die erste Hürde im Bad, das plastikfreie Waschen, war schon mal geschafft. Vor vier Jahren fanden sich allerdings noch sehr viele andere Kosmetikartikel in unserem Badezimmerschrank. Viele werden sie kennen, diese kleinen, fettigen, farblosen, bunt verpackten Lippenpflegestifte. Mehrfach am Tag schmierte ich ihn immer und immer wieder auf meine Lippen und hatte damit schon eine kleine Sucht entwickelt. Morgens, mittags, abends, im Winter auch zwischendurch. Ich schmierte einfach ständig gegen das trockene Gefühl auf meinen Lippen an. Je öfters ich schmierte, desto schlimmer wurde es eigentlich. Da es beim Minimalismus auch immer wieder ums reduzieren geht, beschloss ich einen Lippenpflegestift Entzug zu machen. Der Stift wurde kurzerhand im Müll entsorgt, um einen Rückfall zu vermeiden. Die ersten Tage waren der absolute Horror. Ständig hatte ich das Gefühl meine Lippen einschmieren zu müssen. Sie fühlten sich trocken, rissig und irgendwie pergamentartig an. Aber ich beschloss Durchzuhalten, auch wenn es mir wirklich nicht leicht viel. Nach einer Woche war der Spuk vorbei, meine Lippen erholten sich von dem Schock und wurden immer weicher und geschmeidiger. Den ersten Winter ohne Lippenpflegestift schaffte ich problemlos und war sehr zufrieden, diese Sucht hinter mir zu haben. Dafür spielte aber meine Gesichtshaut verrückt. Wie jeden Herbst, Winter und Frühling, eigentlich immer. Im Sommer war es meistens in Ordnung. Obwohl ich schon lange die Pubertät hinter mir habe, bevölkerten regelmäßig kleine und größere Pickel mein Gesicht. Rote Flecken, schuppige Stellen und tiefe Trockenheitsfältchen unter den Augen. Was hilft da am besten? Reinigen, schmieren, cremen? Denkste! Im Internet begab ich mich auf die Suche nach einer Lösung die umweltfreundlich und rein natürlich ist. Dabei stieß ich immer wieder auf Apfelessig. Ich las viele tolle Sachen darüber, es schien ein Allheilmittel vor allem für unreine Haut zu sein. Daraufhin startete ich den Versuch meine Haut mit stark verdünntem Apfelessig zu reinigen. Apfelessig ist auch mit Sicherheit für allerlei Anwendungen ein tolles Mittel, keine Frage. Aber nach einer Woche Reinigung damit war meine Haut so trocken wie die Sahara. Was liegt da nahe, dieses Übel mit cremen wieder zu beheben. Eine Naturkosmetikceme aus dem Bioladen war meine neueste Errungenschaft und wurde brav morgens und abends auf die gestresste Gesichtshaut geschmiert. Leider brachte die Creme nicht den gewünschten Erfolg, dafür aber etwas anderes, Pickel. Jetzt war ich also wieder genauso weit wie vorher, nämlich bei Creme aus der Plastiktube inklusive Pickel! Jetzt musste nicht nur eine Wunderwaffe gegen Pickel her, sondern auch eine gegen trockene Haut. Bei einer erneuten Recherche im Internet nach dem ultimativen Heilmittel stieß ich auf Aloe Vera. Bei uns im Bioladen bekommt man große frische Aloe Vera Blätter zum selbst verarbeiten. Dabei sollte man den gelben Saft vorher abfließen lassen, denn er kann Hautreizungen verursachen. Nun wird die Aloe Vera von ihrer dicken graugrünen Schale befreit indem man sie wie einen Fisch filetiert, dadurch tritt das Gel zum Vorschein. Dieses kann dann gewürfelt oder püriert werden. Da es sich frisch nicht so lange hält, habe ich es nach dem Pürieren portionsweise in kleine Gläser eingefroren. Nach Bedarf kann ich es einfach auftauen und bei trockener Haut, Pickeln, Sonnenbrand oder zur Pflege wie eine Creme auf die Haut auftragen. Das aufgetaute Gel hält sich im Kühlschrank etwa eine Woche. Mit dem selbstgemachten Aloe Vera Gel kam ich die ersten Wochen im Winter sehr gut klar. Es schien so, als hätte die lange Suche nach der passenden Gesichtspflege endlich ein Ende. Doch nach etwa drei Wochen fing meine Haut wieder erneut an rumzuzicken. Sie war trocken und unter den Augen bildeten sich die ehemals bekämpften Trockenheitsfältchen zurück. So langsam war ich mit meinem Latein am Ende und stand regelrecht auf Kriegsfuß mit meiner Gesichtshaut. Da Aloe Vera Gel kein Fett enthält, versuchte ich es mit Olivenöl zu mischen. Das ging auch wieder die ersten Wochen recht gut und ich blieb vorerst dabei. Das Gesicht war ja nur ein kleiner Teil, der von mir regelmäßig eingecremt werden wollte und ständig nach Aufmerksamkeit schrie. Meine Haut war einfach total verwöhnt und verzogen wie ein kleines Kind. Schon seit meiner Jugend cremte ich nach dem täglichen Duschen meinen Körper mit Creme in den verschiedensten Duftrichtungen aus den bunten Plastikverpackungen ein. Im Hochsommer kam ich erstaunlicherweise hervorragend ohne jegliche Creme aus, aber im Winter schien es ein Ding der Unmöglichkeit zu sein. So begann die nächste Suche, die Suche nach Bodylotion ohne Plastikverpackung. In der Drogerie und im Bioladen wurde ich nicht fündig, also machte ich meine Bodylotion kurzerhand selbst. Im Internet fand ich ein Rezept für feste Bodylotion und bestellte daraufhin Orangenöl, Sheabutter, Kakaobutter und Carnaubawachs. Das Rezept war schnell zusammengerührt und die Lotion war nach einer Nacht im Kühlschrank einsatzbereit. Man wendet sie ganz einfach am besten nach dem Duschen an, indem man langsam damit über die noch feuchte Haut streicht. Durch die Körperwärme schmilzt sie auf der Haut und lässt sich verteilen. So sehr hatte ich mich über meine eigene Bodylotion Kreation gefreut, die neben ihrem leckeren Geruch auch ganz ohne Plastik auskam und schnell herzustellen war. Aber es kam wie es kommen musste. Sie war für mich einfach viel zu fettig, zog schlecht ein und brachte nicht den gewünschten Effekt. Es machte mir einfach keinen Spaß mehr. Zurück zu den Chemiekeulen in Plastikverpackungen wollte ich aber auf keine Fall. Da half wohl nur noch der kalte Entzug. Das war er wortwörtlich, nämlich im tiefsten Winter. Doch dieser Versuch war von vornerein zum Scheitern verurteilt. Jeden Morgen sprang ich unter die heiße Dusche, schmierte eine Duftwolke aus Schaum auf Haare und Körper, als sei das Leben eine Schaumparty und stieg danach ohne mich einzucremen in die Klamotten. Auf das Ergebnis dieses Creme- Entzuges brauchte ich nicht lange warten. Die Haut juckte, schuppte und war extrem trocken, am schlimmsten betroffen waren meine Schienbeine. Nach einer Woche stand ich im Bioladen und kaufte aus lauter Verzweiflung eine Naturkosmetik Bodylotion in der Plastikflasche!

Ich gab auf. Täglich schleppte ich meine Haut mehr schlecht als recht mit Aloe Vera Gel, Olivenöl und gekaufter Bodylotion durch die Tage und Wochen. Pickel hier, rote Stellen da, trockene Hautstellen dort, es machte mir an manchen Tagen keinen Spaß mehr in den Spiegel zu schauen. Viele Frauen würden sich in solch einem Fall mit Make- Up retten, aber das besaß ich schon seit Jahren nicht mehr. Meine Schminkprodukte bestanden lediglich aus einem Kajal und einem Abdeckstift. Der Abdeckstift rettete meine Psyche an so manchen Tagen aus diesem düsteren Hautdrama. Doch dann nahte endlich der Sommer und die Tage wurden langsam wieder länger und wärmer. Wenn die heißen Sommertage das Thermometer über 30 Grad steigen lassen, ist eine kühle Dusche am Abend genau das richtige. Doch mich bei der Hitze nach dem Duschen einzucremen, fühlte sich einfach nur klebrig und schmierig an. So ließ ich wie die Jahre zuvor im Hochsommer die Creme im Schrank. Bis zum Winter. Dann ging das Spiel wieder von vorne los. Doch diesmal wollte ich den Creme- Entzug endgültig schaffen. Das funktionierte sogar leichter als gedacht. Die Lösung war einfach nicht eincremen, basta. Die Tage wurden wieder kühler und meine zickige Haut machte sich erneut bemerkbar. Diesmal wollte ich nicht so schnell aufgeben! Anfangs noch sehr irritiert, dass die Cremerei ausblieb, verstand meine Haut nach etwa zwei Wochen, dass sie sich um sich selbst kümmern muss. Ein paar trockene Stellen im Gesicht behandelte ich einmal in der Woche mit einer Trockenbürstenmassage um alte Hautschüppchen zu entfernen. Seitdem gibt es morgens und abends eine Ladung kaltes Wasser durchs Gesicht, sonst nichts! Meine Haut hat sich dadurch extrem verbessert. Keine Pickel, keine Rötungen, keine schuppigen Stellen, sogar die Trockenheitsfältchen unter den Augen sind verschwunden. Sie ist weich, geschmeidig, strahlt und einen Abdeckstift brauche ich nicht mehr.

Tägliches Duschen im Winter habe ich mir abgewöhnt, da ich dann ohnehin nicht viel schwitze, reicht an manchen Tagen auch eine Katzenwäsche mit Wasser. Das gefällt meiner Haut extrem gut. Sie ärgert mich nicht mehr mit trockenen Schienbeinen und Pickelchen. Und nein, man stinkt nicht sofort, nur weil man nicht jeden Tag duscht. Auf eine angemessene Körperhygiene sollte man, sich und seinen Mitmenschen zuliebe, natürlich trotzdem nicht verzichten. Auch ein Erwachsener darf ruhig den guten alten Waschlappen benutzen, wer mag natürlich auch mit Entchenmotiv. Im Sommer wenn ich sehr viel geschwitzt habe, springe ich täglich unter die Dusche und brause mich nur mit lauwarmem Wasser kurz ab.

Die Ursache meiner verärgerten Haut war einfach. Tägliches heißes Duschen in Kombination mit Duschgel trocknete die Haut extrem aus. Viele Duschgele enthalten synthetische Emulgatoren, etwa Polyethylenglykole (PEGs), die Fett und Feuchtigkeit miteinander verbinden und in Duschgelen, Zahnpasta,

Cremes und Bodylotions zu finden sind. Doch diese Emulgatoren verbinden sich nicht nur in den Produkten, sondern binden sich auch an die schützenden Fette innerhalb der Haut. So werden beim Kontakt mit Wasser diese Fette von der Haut abgewaschen und dadurch die natürliche Hautbarriere geschwächt. Der Mensch spült sich regelmäßig mit jedem Duschen den schützenden Hautfilm herunter, unser größtes menschliches Organ wird regelrecht entfettet. Unsere arme Haut versucht sich zu retten und fettet nach, was ihr allerdings kaum gelingt, da wir mit der täglichen Dusche erneut alles herunter waschen. Hinzu kommt, dass die PEGs in den Duschgels die Haut durchlässiger für Wirkstoffe macht, auch für die Gefährlichen. Mögliche Folgen sind dann Pickel, Unreinheiten, Rötungen, Hautirritationen und Allergien. Eine Maßnahme wäre also das Duschgel einfach wegzulassen, die Duschzeit zu verkürzen und die Temperatur nicht zu heiß einzustellen. Das komplette Einschäumen von Kopf bis Fuß unter der Dusche habe ich mir abgewöhnt. Für die Stellen wie Achseln und Füße liegt ein Stück Aleppo Seife oder das feste Shampoo in der Dusche bereit. Da ich nicht auf der Baustelle oder im Kohlebergwerk arbeite, bekomme ich den normalen alltäglichen Schmutz wie Staub und Schweiß sehr gut mit klarem Wasser abgewaschen.

Wie haben die Steinzeitmenschen nur ohne Duschgel, Shampoo, Bodylotion, Gesichtswasser und Antifaltencreme überlebt? Die Natur hat bereits für alles gesorgt was unsere menschliche Haut benötigt. Unsere Körper haben sich in tausenden von Jahren an die Umwelt angepasst. Die perfekte und zudem noch kostenlose, plastikfreie und chemiefreie Creme bringt sie einfach schon mit. So kann sich eine gesunde Haut sehr wohl selbst versorgen. Die Natur einfach mal machen lassen, das fällt den meisten von uns unheimlich schwer. Zu sehr haben wir uns an die Annehmlichkeiten der Kosmetikindustrie gewöhnt. So sind wohl viele von uns seit Kindertagen mit der Creme in der blauen Dose vertraut. Ein Cremchen hier, ein Cremchen da, für alle Fälle gibt es ein vermeintlich passendes Mittelchen. Doch wer hat sich ernsthaft einmal gefragt, ob es überhaupt notwendig und sinnvoll ist? Wir alle wollen gut aussehen, unsere Falten mildern, einen jungen, frischen und strahlenden Teint haben. Doch unsere Haut kann nur gute Arbeit leisten, wenn wir sie einfach mal in Ruhe lassen und ihr die nötige Zeit geben sich zu regenerieren. Die Sucherei nach der passenden Creme, Unmengen an Plastikverpackungen und Geld, Erdöl, Parabene, Duftstoffe, das alles gehört für mich nun der Vergangenheit an. Meine Hautpflege besteht nur noch aus Seife und

Wasser. Minimalistischer geht es wohl kaum! Meine Haut dankt es mir, sie ist geschmeidig, weich und pickelfrei. Schaut man sich die Hautpflege der Männer einmal an, sind dort schon viele sehr minimalistisch unterwegs. Meinem Mann geht es da genauso. Er hielt noch nie etwas von meiner Cremerei und fand es immer überflüssig. Komischerweise kennen die meisten Männer keine Hautunreinheiten, Pickel und Schüppchen. Das liegt wohl daran, dass viele auf den ganzen Creme Firlefanz einfach verzichten. Ein Baby schmiert sich auch nicht ständig ein und wird oft nur mit Wasser gebadet. Trotzdem haben alle Babys wohl die schönste Haut die man kennt. Es ist ein befreiendes Gefühl, durch eine Drogerie zu schlendern und nicht ständig auf der Suche nach dem neuesten, besten Produkt in Sachen Creme zu sein. Sei es für das Gesicht, die Hände, die Füße oder als Bodylotion. Wer bei der Cremesuche vielleicht auch auf tierversuchsfreie und vegane Produkte setzt, der kann schon mal einen halben Tag in der Drogerie verbringen. Dabei verlässt man den Laden entweder frustriert oder hat so viel Geld ausgegeben, dass man dafür auch einen netten Tag mit den Kindern hätte verbringen können. Wer ohne Creme und den ganzen Schnickschnack auskommt, spart eine Menge Plastikmüll, Ressourcen, Zeit, Geld und vor allem Nerven. Die Haut wird es danken. Minimalismus heißt auch, sich von Dingen und Gewohnheiten zu trennen. Sich auf das Wesentliche zurück zu besinnen. „Back to the roots.“ Zurück zu den Wurzeln. Dies ist einer meiner Lieblingssprüche. Genau das bedeutet der Minimalismus für uns. Einfacher denken, einfacher handeln, einfach machen! In allen Lebensbereichen.

Nachdem sämtliche Cremes aus unserem Badezimmer verschwunden waren, wurde die Kosmetikschublade sehr übersichtlich. Eine Chemiekeule befand sich allerdings noch darin, ein konventionelles Deo mit Aluminium. In sogenannten Antitranspirantien werden Aluminiumverbindungen aufgrund ihrer schweißhemmenden Wirkung eingesetzt. Sie verhindern eine Schweißbildung, da sich die Hautporen zusammenziehen und die Ausführgänge der Schweißporen blockieren. Dauerhaft verstopfte Poren sind nicht gesund, es kann ein Schweißstau entstehen der Juckreiz und Hautreizungen auslösen kann. Aluminium gilt allgemein als nervenschädigend und steht in Verdacht krebserregend zu sein. Dass dieser Stoff in unserem Deo gesundheitsschädlich ist, war uns bekannt. Der Mensch ist ein wahrer Meister darin, ihm bekannte aber unangenehme Tatsachen gekonnt aus seinem Gedächtnis zu verdrängen. Doch wir waren an einem Punkt angelangt, an dem wir alles hinterfragten! Wir wollten auf Aluminium im Deo verzichten und suchten nach einer guten Alternative. Etwa fünf Naturkosmetikdeos später wurden wir endlich fündig. Einfacher denken war angesagt, nicht immer so kompliziert. Was liegt da näher als die guten alten Hausmittel von Oma. „Nur auf die Haut lassen, was man auch essen kann.“ Diesen Satz versuchte ich schon eine Weile zu beherzigen. Es gibt mittlerweile viele gute Bücher zum Thema Zero Waste im Bad und Kosmetik selbst herstellen. So stöberte ich durch unsere örtliche Bücherei und blätterte ein paar Bücher zu dem Thema durch. Dabei stieß ich auf einen Deo Ersatz, den fast jeder zum Backen in der Küche hat. Einfaches Natron (Natriumhydrogencarbonat), auch als Kaisernatron bekannt. Man kann ihn für den Gebrauch als Deo entweder mit Wasser mischen und in eine leere Sprühflasche füllen oder einfach pur als Puder auf die feuchte Achsel auftragen. Für etwas Duft eignen sich ein paar Tropfen ätherisches Öl nach Wahl. Wir entschieden uns für den minimalistischen kurzen Weg, nämlich es einfach in Pulverform pur aufzutragen. Natron verhindert kein starkes Schwitzen wie ein Antitranspirant mit Aluminium, aber gegen Geruch hilft es sehr zuverlässig. Nach mehreren gescheiterten Deo Fehlkäufen hatten wir nun endlich unser Deo gefunden. Im Unverpackt Laden bekommen wir Natron sogar lose und in genau der Menge, die wir gerade benötigen.

Aber man findet es auch in jedem Supermarkt bei den Backzutaten oder in der Drogerie. Sogar in Papier verpackt. Shampoo, Duschbad, Gesichtscreme, Handcreme, Bodylotion, Abdeckstift, Lippenpflegestift und Deo waren jetzt plastikfrei oder einfach gar nicht mehr in unserem Badezimmer vorhanden. Meinen Plastikkamm hatte ich nach seinem Ableben durch einen Holzkamm ersetzt. Beim Klopapier kauften wir schon länger nur noch das Recyclingpapier. Das ist zwar auch in Plastik verpackt, jedoch schneide ich die recht große Tüte klein und verwende sie noch als Hundekotbeutel. Unsere Elektrozahnbürsten die Unmengen von Batterien verschlangen, ersetzten wir durch Bambuszahnbürsten. Diese bekommt man in fast jeder Drogerie oder im Bioladen. Einzig unsere Zahnpasta und Zahnseide waren noch in Plastik verpackt. Plastikfreie Zahnseide fanden wir schnell im Unverpackt- Laden. Sie ist einem wiederverwendbaren Edelstahlflakon verpackt und reinigt genauso gut wie die aus Nylon bzw. Polyethylen. Zudem ist unsere Zahnseide sogar vegan, da sie aus Maisseide und Candelillawachs (afrikanische Pflanze) besteht. Als letztes plastikfreies Zahnpflegeprodukt fehlte uns noch ein Ersatz für unsere Zahnpasta. Die war zwar nicht in einer Plastiktube, aber ob eine Naturkosmetik Zahnpasta in der Aluminiumtube besser ist, ist fraglich. In die Drogerie ging ich mittlerweile fast nur noch, um dort Lebensmittel oder Klopapier zu kaufen. Vieles brauchten wir schlichtweg nicht mehr. Da die Drogerien wie alle Läden ihre Kunden auf neue Ware aufmerksam machen wollen, stolperte ich eines Morgens über einen Pappaufsteller der fast mitten im Gang stand. Manchmal fallen einem die gesuchten Dinge wortwörtlich in die Hände! Da hing in kleinen Papiertütchen verpackt unsere Zahnpasta Lösung: Zahnputztabletten. Sie sehen wirklich aus wie Tabletten und werden einfach im Mund zerkaut, bevor man sich wie gewohnt die Zähne putzen kann. Auf den Pfefferminzgeschmack muss man dabei auch nicht verzichten. Der Preis schreckte mich zuerst ganz schön ab, fast fünf Euro für so ein kleines Tütchen! Trotzdem nahm ich sie mit, meine Neugierde war einfach zu groß. Da wir in unserem Drei- Personen- Haushalt sechs dieser Tabletten täglich verbrauchten, hielt die Tüte wie zu erwarten nicht lange. Für uns war es die perfekte Lösung, da wir die Zahnputztabletten sogar lose in größerer Menge im Unverpackt Laden bekamen. Sie waren plastikfrei, einfach anzuwenden und ließen sich im Urlaub abgezählt in einer kleinen Dose gut mitnehmen. Doch der Preis schockierte uns an der Kasse immer wieder aufs Neue. Erneute Recherche im Internet war angesagt. Eine günstige Alternative, am besten selbstgemacht war das Ziel meiner Suche. Und siehe da, wer suchet der findet. Die Zutaten waren sehr überschaubar, Birkenzucker und Heilkreide. Birkenzucker ist auch unter dem Begriff Xylit, Xylitol oder Xucker bekannt. Er findet sich im Holz der Birke, in manchen Gemüsesorten wie Blumenkohl, aber auch in Pflaumen und Beeren. Zucker als Zahnpasta hört sich vielleicht nicht so gesund an, aber Birkenzucker ist sogar gut für unsere Zähne. Er kann die Zahngesundheit verbessern und Zahnbelag reduzieren. Birkenzucker wirkt gegen einen besonders schädlichen Stamm von Karies verursachenden Bakterien und verhindert ihn dadurch. Zudem regt er die Speichelbildung an wenn er sich im Mund auflöst. Der Speichel verdünnt vorhandene Säuren im Mund und neutralisiert sie. Birkenzucker kann somit seinen Teil zu einer gesunden Zahnhygiene beitragen. Mit Heilkreide eins zu eins vermischt, hat man ein natürliches, chemiefreies, plastikfreies und kostengünstiges Zahnpulver. Wer auf den bekannten Pfefferminzgeschmack nicht verzichten möchte, mischt einfach ein paar Tropfen Pfefferminzöl unter. Von diesem Zahnpulver streuen wir etwas auf die feuchte Zahnbürste auf und putzen dann ganz normal die Zähne. Der Geschmack ist durch den Birkenzucker süßlich, aber recht neutral. Dabei dient die Heilkreide als Schleifmittel um Beläge gründlich zu entfernen. Wir

kommen bisher damit sehr gut zurecht, unsere Zähne fühlen sich sauber an und sind strahlend weiß.
Endlich waren wir am Ziel unserer Träume angelangt, ein plastikfreies Badezimmer!
Eine winzige Kleinigkeit hatten wir allerdings vergessen. Der Nassrasierer besaß zwar austauschbare Klingen, diese waren jedoch aus Plastik und wurden in einer überdimensionalen Plastikverpackung verkauft. Der Preis für die Wechselklingen brachte mich jedes Mal ins Staunen. Für fünf Wechselklingen zahlte ich stolze 12,95€! Dabei haben sie oft nicht länger als vier Wochen gehalten bis sie stumpf waren. Ein ziemlich teurer Spaß. In der Schublade vor mir schaute ich auf die letzte Klinge. Die wollte ich noch aufbrauchen und mich dann nach einer Alternative umschauen. Bei meiner Suche im Internet stieß ich auf einen Begriff, der sich ziemlich gruselig anhört: den Rasierhobel. Die ältere Generation wird diesen einfachen, aber auch schicken Nassrasierer noch kennen. Es gibt sie komplett aus Edelstahl oder mit einem edlen Holzgriff. Der Anschaffungspreis ist mit rund 30€ zwar etwas teurer, dafür hält er ein Leben lang. Doch der eigentliche Knaller dabei ist, dass ein 100er Set Rasierklingen in der Papierverpackung nur schlappe 12€ kosten! Ja, richtig gelesen, 100 Stück! Bei dem Rasierer hält eine Klinge schon mal gut und gerne drei Monate bis sie stumpf ist.

Günstiger rasieren geht wohl kaum! Ein Rasierhobel hört sich gefährlich an und sieht vielleicht auch so aus. Man sollte ihn ohne Angst, aber mit Respekt benutzen. Mit etwas Übung und Fingerspitzengefühl, rasiert er genauso gut und sicher wie jeder andere Nassrasierer auch. Das gilt sowohl für den Mann, als auch für die Frau. Dabei spielt die Körperregion keine Rolle, man muss sich nur trauen.
Wir hatten es endlich geschafft, unsere Kosmetik war jetzt plastikfrei, gesund und dabei noch extrem günstig. Heute befindet sich in unserem Badschrank nur noch unser selbstgemachtes Zahnpulver, vegane Zahnseide im Edelstahlflakon, Bambuszahnbürsten, Zahnputzgläser (alte Apfelmusgläser), Zungenschaber aus Edelstahl, Natron als Deo, ein Holzkamm, Haarbürste, Nagelknipser und Pinzette aus Edelstahl und Recyglingklopapier. Auf dem Waschbecken liegt ein Stück Aleppo Seife auf einer Holzablage. In der Dusche befinden sich ein festes Shampoo und der Rasierhobel aus Edelstahl. Den Langhaarschneider meines Mannes und mein Fön lassen sich leider nicht so einfach durch plastikfreie Artikel ersetzen. Im Sommer kann ich gut ohne Fön leben, aber im Winter möchte ich trotz momentaner kürzerer Haarpracht nicht darauf verzichten. Ja, unser Bad sieht jetzt ziemlich Öko aus. Ist es auch. Wir mögen es und fühlen uns sehr wohl mit

Kosmetikprodukten deren Inhaltsstoffe wir genau kennen und auch aussprechen können. Sogar unsere Handtücher sind mittlerweile echt Bio. Bei Kleinanzeigen habe ich für wenig Geld handgewebte, ungebleichte, alte, unbenutzte Leinenhandtücher gefunden. Echte Handarbeit aus einer längst vergangenen Zeit, als die Stoffe noch alle Bio waren und viel Leinen verarbeitet wurde. Ein toller Stoff, der mit der Zeit immer weicher wird und sehr schnell trocknet. Heutzutage sind Textilien und Wohnaccessoires aus Leinen schwer zu finden und kaum noch zu bezahlen. Meistens bekommt man dann für viel Geld nur sehr dünnen Stoff. Alte und gut erhaltene Leinensachen findet man in unserer heutigen Wegwerfgesellschaft leider immer seltener. Die Zeiten, in denen Oma einen ganzen Wäscheschrank voll neuer und unbenutzter Aussteuersachen aus Leinen besaß, rücken immer weiter in die Vergangenheit. Unsere Leinenhandtücher entsprechen in der Stoffstärke eher einer groben Tischdecke. Dicke Plüschhandtücher waren vorher schon nicht unser Ding und nach dem Duschen darin eingewickelt haben wir uns noch nie. Daher kommen wir mit den recht dünnen Handtüchern gut zurecht und wissen die Handarbeit, die noch darin steckt, sehr zu schätzen.

Vegan über Nacht

Wir hatten uns immer mehr mit unseren Lebensmitteln auseinander gesetzt. Unser Gemüse kam mittlerweile vom Biobauern um die Ecke, das Obst je nach Sorte teilweise, Orangen wachsen eher nicht im Münsterland. Wir kaufen wenn möglich immer nach Saison ein. Auf Gurken und Erdbeeren im Winter können wir gut verzichten, auf Bananen aus fernen Ländern als Sportler eher nicht. Es ist oft Not gegen Elend, jeder muss da für sich einen passenden Mittelweg finden. Aber als ich las wie viel Wasser eine Avocado verbraucht bis sie bei uns zum Verkauf angeboten wird, bekam ich schnell ein schlechtes Gewissen. Sogenanntes „virtuelles Wasser“ trägt jedes Produkt in sich. Es beschreibt die Menge Wasser die ein Produkt bei der Herstellung benötigt. Dazu zählen das Wasser für den Anbau oder Abbau, Reinigung, Weiterverarbeitung, Transport und Lagerung. Ein Kilo Tomaten benötigt in der Produktion rund 180 Liter Wasser. Ein Kilo Avocados dagegen verbrauchen etwa 1.000 - 1.500 Liter Wasser! Das ist extrem viel, wenn man dabei noch bedenkt, dass ein Kilo gerade mal drei Avocados entspricht. Und das in einer Region in denen Wasser ohnehin schon knapp ist, stellen die Avocado Plantagen eine ernste Gefahr für die Bevölkerung dar. Diese Fakten führten dazu, dass ich nicht mehr unbedacht jedes Mal eine Avocado kaufte. Auch wenn der Wasserverbrauch für ein Kilo Avocados enorm hoch ist, ist er nichts im Vergleich zu anderen Lebensmitteln. Ein Kilo Käse zum Beispiel verbraucht rund 3.000 Liter Wasser, ein Kilo Rindfleisch dagegen verbraucht bei der Herstellung mehr als 15.500 Liter Wasser! Mit der Wassermenge könnte man ein Jahr lang täglich Duschen. Etwa 70% der erschlossenen Wasserressourcen werden für die Landwirtschaft benötigt. Davon braucht allein die Tierindustrie fast 30% des weltweit genutzten Wassers. In Deutschland erzeugen allein die Schweine doppelt so viele Abwässer wie die menschliche Bevölkerung. Dabei gelangen die tierischen Ausscheidungen, anders als die menschlichen, ungeklärt in unsere Gewässer. Gülle, Pestizide, Herbizide und Medikamente können durch Kläranlagen teilweise nicht gefiltert werden und gelangen so direkt ins Grundwasser. Das hat zur Folge, dass die Qualität und Menge des verfügbaren Trinkwassers immer weiter abnimmt. Für Weideflächen und Anpflanzung der Futtermittel werden große Flächen Wälder abgeholzt, allein in Südamerika waren es in den letzten 40 Jahren etwa 40% Regenwald. Ein Lebensraum für viele seltene Tiere und Pflanzen, der unwiederbringlich zerstört ist und Arten für immer ausrottet. Durch die Monokulturen auf riesigen Flächen ist kein Raum mehr für Artenvielfalt von Tieren und Pflanzen. Die grüne Lunge der Erde wird rasend schnell abgeholzt und immer kleiner, was sich auf das Klima schon stark auswirkt. Für die Tierhaltung und den Futteranbau werden mehr als 83% der landwirtschaftlich genutzten Flächen verwendet. Ein Großteil des Futteranbaus besteht aus Soja. So werden über 90% des weltweit angebauten Sojas allein für Futtermittel angebaut. Als Futtermittel werden über 50% aller Ernten genutzt. Angesichts dieser Zahlen, sollte man sich ernsthaft fragen, was in unserer Welt eigentlich schief läuft. Weltweit hungert jeder elfte Mensch, das sind rund 822 Millionen. Rund 2 Milliarden Menschen leiden weltweit an Mangelernährung. Alle 10 Sekunden stirbt ein Kind unter fünf Jahren an Hunger. Das sind viele schreckliche Fakten, die für uns in unserer Wohlstandsgesellschaft kaum vorstellbar sind und so weit weg erscheinen. Das traurige dabei ist, es wäre genug Nahrung für alle Menschen dieser Erde vorhanden. In den Entwicklungsländern wird Futter für die Tierindustrie angebaut, das an die Nutztiere verfüttert wird, obwohl die Menschen dort nicht genug Nahrung zur Verfügung haben. Da ist ein schlechtes Gewissen unsererseits, ein wahrer Luxus.

Die Essgewohnheiten der reichen Wohlstandsländer bedeuten den Tod für Menschen aus den

Entwicklungsländern. Durch den Klimawandel, der Dürreperioden und Überschwemmungen hervorruft, werden die Ernten in den ärmeren Ländern zusätzlich zerstört.

Doch natürlich ist dies nicht das Ende der Fahnenstange, denn die Fleischherstellung verursacht noch weitere Umweltschäden. Durch die Ausscheidungen von Milliarden von Hühnern, Puten, Schweinen und Rindern entstehen extrem große Mengen der klimaschädlichen Treibhausgase Kohlenstoffdioxid, Stickoxid und Methan. Dazu produziert die Intensivtierhaltung mit ihren Ställen massenhaft Feinstaub. Die Massentierhaltung verschmutzt somit nicht nur die Umwelt, sie ist auch mitverantwortlich für den Klimawandel, das Aussterben bedrohter Tier- und Pflanzenarten und den Hungertod vieler Menschen.

Diese Tatsachen und Fakten kannten wir damals auch nicht oder hatten sie erfolgreich aus unserem Unterbewusstsein verdrängt.

Dass ein Schnitzel aus der Massentierhaltung niemals von einem glücklichen Schwein stammt, war uns eigentlich immer schon bewusst. Trotzdem kam bei uns mehrmals täglich Fleisch auf den Tisch. Morgens die Salami aufs Brot, mittags das Hackfleisch in der Bolognese Soße und abends wieder der Wurstaufschnitt aufs Brot, dazu noch ein knackiges Wienerwürstchen.

Nachdem wir uns mit unserem Plastikkonsum stark eingeschränkt hatten, kam unser Fleisch nicht mehr aus der Plastikverpackung vom Discounter. Wir holten es nun von der Frischetheke im Supermarkt und hatten ein gutes Gewissen dabei, schließlich verzichteten wir auf die Plastikverpackung. Doch wo das Fleisch wirklich herkam und wie die Tiere gehalten wurden, wussten wir trotzdem nicht.

Wir hatten schon einige unserer Challenges mit Bravour und neuen Erkenntnissen gemeistert. Vieles behielten wir auch weiterhin bei und es veränderten sich nach und nach unsere Gewohnheiten und unsere Einstellung zu gewissen Themen. So kam irgendwann der Zeitpunkt, an dem wir uns mit unserer Ernährung immer intensiver auseinander setzten.

Die Fastenzeit stand vor der Tür und ich suchte nach einer neuen Herausforderung für mich. Auf Alkohol oder Süßigkeiten zu verzichten erschien mir zu einfach, ich wollte etwas Neues ausprobieren.

Auf vielen Blogs über Minimalismus stößt man oft auf Artikel über gesunde Ernährung und die vegane Lebensweise. Das fand ich mittlerweile sehr interessant und spannend. Meine Challenge sollte nun daraus bestehen, mich in der Fastenzeit vegan zu ernähren! Ich las vor dem Start einiges darüber, auch über die gesundheitlichen Vorteile. Am Abend vor

Fastenzeitbeginn erzählte ich meinem Mann von meinem Vorhaben. Der Blick, den er mir daraufhin zuwarf hatte etwas von: „Oje, jetzt dreht sie völlig durch!“ Vielleicht war es aber auch seine Angst, er müsse bei der Challenge mitziehen und darf in der Fastenzeit auch kein Fleisch mehr essen. Doch nur zwei Tage später sollte sich alles ändern!

Die ersten zwei Tage meines Experimentes schaffte ich problemlos, schließlich konnte ich auch vorher schon gut auf Fleisch verzichten. Der Verzicht auf Käse und Joghurt fiel mir da schon schwerer. Es war der zweite Fastentag, als ich abends eine Doku im Internet raussuchte, die in vielen veganen Berichten immer wieder auftauchte. Mein Mann brutzelte derweil in der Küche Frikadellen für die Arbeitskollegen. Als er fertig war, kam er neugierig ins Wohnzimmer und setze sich dazu um mitzusehen. Dass dieser Film der schrecklichste war, den ich je gesehen hatte und er unser Leben verändern würde, konnte ich da noch nicht ahnen. Der Trailer begann schon mit einer schaurigen Musik, die mir heute noch das Wasser kalt den Rücken runter laufen lässt. Die nächsten 90 Minuten die folgten, waren ein absoluter Horrorfilm. Bei keinem anderen Film habe ich jemals so geweint, mich sogar teilweise wie ein kleines Kind unter meiner Decke versteckt. Das traurige daran war, dass es sich nicht um

einen Spielfilm handelte, sondern um die grausame Realität. Der Film zeigt wie wir Menschen mit den Tieren umgehen. Dabei geht es nicht nur um die Massentierhaltung und Schlachtung, sondern auch um Pelztiere, Zirkustiere und Haustiere. Schweine die lebendig im Brühkessel landen, lebend gerupfte Gänse für Federbetten, Zirkuselefanten die geschlagen werden für Tricks in der Manege, Kälber die direkt nach der Geburt von ihrer Mutter getrennt werden für unsere Milchprodukte, männliche Küken im Schredder, Füchse denen bei lebendigem Leib das Fell abgezogen wird für Pelzkragen am Wintermantel, Kühe denen die Beine gebrochen werden damit sie nicht weglaufen. Das Bild, wo ein alter kranker Hund in Indien einfach in ein Müllauto geworfen wird und die Presse zugeht, werde ich wohl nie vergessen.
Der Blick in die Realität über den Tellerrand kann ganz schön wehtun! Der Film ließ uns verstört und geschockt zurück. Mein Mann und ich nahmen uns danach lange weinend in die Arme. Unser Hund wurde an dem Abend so geknuddelt und geschmust, als wollten wir irgendetwas wieder gut machen. Später schlief ich weinend ein und kriegte kaum ein Auge zu. Die grausamen Bilder schossen mir noch die ganze Nacht durch den Kopf und meine Gedanken und Gefühle fuhren Karussell.

Am nächsten Morgen nahm mein Mann die Frikadellen mit zur Arbeit, er selbst aß keine Einzige davon. Auch viele Tage danach kamen immer wieder die schrecklichen Bilder in meinem Kopf hoch. In den darauf folgenden Nächten schlief ich sehr schlecht und fühlte mich auch tagsüber regelrecht depressiv. Ich merkte, dass mein Experiment einer veganen Fastenzeit kein Experiment bleiben würde. Es war ein schrecklicher Film, der mir nicht nur die Augen öffnete, sondern etwas in mir auslöste was längst überfällig war. Er legte in 90 Minuten einen Schalter in meinem Kopf um, den ich vorher öfters gesucht hatte aber nie so richtig finden konnte.
Ich war schon immer ein sehr tierlieber Mensch und gerne draußen in der Natur. Unser damaliger Familienhund lebte bereits vor meiner Geburt bei meinen Eltern und so wuchs ich mit ihm auf. Irgendwann kamen Wellensittiche in der Voliere und Fische im Gartenteich dazu. Später lebten in einem großen Freilauf mit Wiese und Stall Hühner, Gänse, Kaninchen, Meerschweinchen und eine Ziege. Während sich andere Kinder verabredeten, saß ich lieber im Hühnerstall und beschäftigte mich mit unseren Tieren. Immer wenn es bei uns zu Hause Hühnersuppe gab, aß ich sie grundsätzlich nicht. Auf die Frage, ob das Huhn in der Suppe von unseren eigenen sei, verneinte meine

Mutter zwar, ich war mir aber sicher dass es nicht stimmte. Also aß ich die Hühnersuppe nicht. Tiere die man kennt, isst man nicht so einfach! Ich aß aber sehr wohl mehrmals täglich Wurst und Fleisch aus dem Supermarkt.

Aber auch ein fremdes Tier ist ein Lebewesen mit Gefühlen. Als Kind hätte ich mich niemals gegen unsere Essgewohnheiten zu Hause aufgelehnt, schließlich war es doch völlig normal Tiere zu essen. Dabei blendete ich meine Gefühle für die armen Mitgeschöpfe aus der Massentierhaltung gekonnt aus. Starb bei uns ein Huhn, heulte ich und beerdigte es feierlich mit Blumen im Garten. Starben dagegen jeden Tag tausende Hühner für die Fleischindustrie, war es einfach so. Als 13 Jährige schrieb ich mit der Schreibmaschine eine Kurzgeschichte über ein Schwein in der Massentierhaltung, obwohl ich eigentlich zu dem Zeitpunkt nicht viel darüber wusste. Die Gedanken darüber waren also damals schon bei mir vorhanden!

Wir hatten zu Hause bei meinen Eltern ein weißes Huhn namens Schneewittchen. Es war sehr zutraulich und eines unserer letzten Hühner. Schneewittchen liebte es auf meinem Schoss zu sitzen und gekrault zu werden. Dabei schloss sie die Augen und gurrte zufrieden. Es war für mich kein Unterschied, ob ich mit dem Hund, dem Kaninchen oder dem Huhn kuschelte! Schließlich hat

jedes Tier seinen eigenen Charakter, Gefühle und ein Seelenleben. Dieses Huhn hat mir als heute als Erwachsene im Nachhinein die Augen geöffnet. Warum werden manche Tiere fast wie Menschen behandelt, andere hingegen wie ein Produkt?
Wer hat es sich ausgedacht, dass Hunde der beste Freund des Menschen sind, überall mitgenommen werden, sogar in den Urlaub, Designer Halsbänder tragen, auf dem Sofa oder im Bett schlafen, Teddybären wie Kinder besitzen und im Auto angeschnallt werden? Schweine dagegen bis zu ihrer Schlachtung eingepfercht, ohne Bewegung und Tageslicht und vollgepumpt mit Medikamenten in ihren Exkrementen leben müssen? Dabei ist ein Schwein intelligenter als so mancher Hund! Ob du als Hund oder Schwein geboren wirst, entscheidet darüber was für ein Leben du haben wirst. Entweder man liebt oder man isst dich.
Was ich als Kind eigentlich schon sehr gut verstanden hatte, vergaß und verdrängte ich als Erwachsene wieder, wollte nicht darüber nachdenken und manipulierte gekonnt meine Gefühlswelt den Tieren gegenüber. Doch dieser Abend an dem ich den Film sah, rüttelte mich wieder wach. Ja, ich habe wirklich einige Zeit mit grübeln, nachdenken und heulen verbracht, das alles wieder in mir zu ordnen. Heute kann ich es zwar nicht mehr ändern, 37 Jahre lang Fleisch gegessen zu

haben, doch nun fühle ich mich mit mir endlich im reinen. Tiere liebe ich nach wie vor, sehe sie heute aber mit ganz anderen Augen.

Die ersten Tage nach dem Film verbrachte ich damit nach veganen Rezepten, Tipps und Informationen zu suchen. Ich war mir bewusst, dass dies erst der Anfang einer neuen Lebensweise sein würde, einem Leben als Veganerin. Mein Mann war zu der Zeit für ein paar Tage auf Dienstreise und ernährte sich, erst völlig überfordert mit der neuen Ernährungsweise, im Hotel zumindest vegetarisch. Zu meiner großen Überraschung brachte er von seiner Reise ein veganes Kochbuch mit. Hatte ich bis dahin noch an seiner Einstellung zum Fleisch gezweifelt, so wusste ich jetzt, dass auch er es ernst meinte. Zusammen gingen wir im Supermarkt auf Entdeckungsreise.

Das Angebot an veganen Lebensmitteln war zu unserer Überraschung doch besser als wir dachten. Dabei sind viele Lebensmittel sowieso vegan. Angefangen beim Obst und Gemüse, über Nüsse und Samen, Nudeln, Reis und Getreide, Hülsenfrüchte, sogar Zartbitterschokolade und Cola sind vegan. Trotzdem fühlten wir uns wie Außerirdische die gerade einen unbekannten Planeten betreten hatten und dessen Sprache wir nicht sprachen. Quinoa, Tempeh und Seitan hatten wir bis dahin nie gehört. Im Supermarkt studierten wir jede Zutatenliste von Produkten, von denen wir dachten sie seien ohne tierische Inhaltsstoffe. Leider stellten wir enttäuscht fest, dass in wirklich vielen Lebensmitteln etwas Tierisches zu finden ist. Ob nun Milchpulver, Hühnervollei oder Gelatine. Wer gerne Erdbeerjoghurt isst, der vermutet zuerst natürlich Milch, ganz klar. Die schöne rote Farbe die so lecker nach Erdbeeren aussieht, kommt dabei ebenfalls von einem Tier. Es handelt sich um Läuse. Die Schildlaus wird getrocknet und zermahlen und dient als Färbemittel in Lebensmitteln, Getränken und Kosmetik. Gekennzeichnet ist sie auf der Zutatenliste als „echtes Karmin". Da schmeckt der Erdbeerjoghurt vermutlich vielen Leuten jetzt nicht mehr so gut. Sogar Bananen sind nicht unbedingt vegan. Oft werden sie mit dem Pestizid Chitosan behandelt, das aus Insekten- und Garnelenpanzern hergestellt wird. Wer vegane Bananen sucht, der greift einfach zu Bio- Bananen.

In sehr vielen Produkten in denen man es nicht vermutet, findet sich etwas vom Tier. So sind auch viele Kosmetikprodukte mit tierischen Inhaltsstoffen versehen, die sich gekonnt unter einem netten Namen verbergen. Kosmetikprodukte die nicht als vegan gekennzeichnet sind, enthalten meist sogar mehrere tierische Bestandteile. Gelatine ist wohl allen bekannt. Dabei handelt es sich um ein Protein, welches durch

Kochen aus Knochen, Haut, Bändern und Sehnen von Schweinen und Kühen gewonnen wird. Allerdings findet man sie nicht nur in Gummibärchen, sondern auch in Kosmetik wie Shampoos und Gesichtsmasken. Was sich unter dem so pflegenden netten Namen Glycerin versteckt, ist nichts anderes als Rindertalg. Das verarbeitete Rinderfett findet Verwendung in Margarine, Kerzen, Seifen, Wachspapier, Wachsmalstiften, Gummi, Farben, Schmierstoffen, Chemikalien und Kosmetika. Aus Hufen, Hörnern und Federn wird Keratin hergestellt, das in vielen Haarpflegeprodukten zu finden ist. Entdeckt man auf der Cremedose den Inhaltsstoff Lanolin, cremt man sich das Gesicht mit Wollfett ein. Dieses wird aus einem Sekret der Talgdrüsen von Schafen gewonnen. Den Begriff Hyaluronsäure kennt wohl jeder aus der Werbung. Dabei handelt es sich um ein Protein, welches in Haut, Nabelschnur, Gelenkschmiere und Bindegewebe vorkommt. Glanzmittel im Haarspray oder Nagellack, aber auch als Überzugsmittel für Süßigkeiten bestehen oft aus Schellack. Die harzige Substanz wird über die Ausscheidungen der Lackschildlaus gewonnen. Die Gallseife heißt nicht nur so, sie enthält auch Galle von Rindern. Sogar manche Badeschwämme sind nicht vegan. Unter dem Begriff Meeres- oder Naturschwamm verbirgt sich ein pflanzenartiges Tier, welches sogar vom Aussterben bedroht ist. In einigen Parfüms und auch als Geschmacksstoff in Lebensmitteln findet man Musk Oil. Das Moschus Öl ist ein getrocknetes Sekret, welches den Genitalien von Moschusochsen, Bibern, Bisamratten und Ottern in schmerzhafter Weise entnommen wird. Urea hat vielleicht schon mal jemand auf einer Creme entdeckt. Dies ist nichts anderes als Urinsäure, welche alle Lebewesen als Stoffwechsel-Endprodukt über den Urin ausscheiden.

Doch nicht nur in Lebensmitteln und Kosmetikartikeln verstecken sich oft viele tierische Bestandteile. Knochenmehl besteht aus zermahlenen Tierknochen und ist in Zahnpasta, Vitaminen, Dünger und Holzleim zu finden.

Schweineborsten und Pferdehaar findet man in vielen Haarbürsten und Pinseln sowie auch in Matratzen und Zahnbürsten. Dass Daunenfedern vom Tier stammen sollte wohl jedem klar sein. Ebenso wie Leder für Gürtel, Taschen und Geldbörsen. Die Asche von Tierknochen wird in Knochenporzellan und Kohle in Aquarienfiltern verwendet. Wie ihr seht, sind tierische Inhaltsstoffe nicht nur in Lebensmitteln weit verbreitet. Ein genauer Blick auf die Inhaltsstoffliste lohnt sich also. Viele dieser aufgezählten tierischen Inhaltsstoffe, werden bereits auf andere Weise hergestellt und sind somit glücklicherweise vegan.

Wer es etwas einfacher haben möchte, der nutzt eine der vielen kostenlosen Apps, die schädliche und tierische Inhaltsstoffe durch scannen des Barcodes direkt anzeigen.

In unserem Kühlschrank befand sich zu unserer Umstellungszeit noch etwas Wurst, Käse und Joghurt. Diese Lebensmittel aß unser Sohn wie gewohnt auf. Eine kurze Zeit noch kauften wir für ihn Käse, bis er diesen nicht mehr haben wollte. Er entdeckte einfach irgendwann viele vegane Aufstriche für sich, die er sehr mochte. Beim Kochen der ersten veganen Gerichte kam ich mir manchmal vor, als würde ich das erste Mal am Herd stehen. Dabei kamen Bohneneintopf und Gemüsepfanne auch schon vorher bei uns regelmäßig auf den Tisch. Der Inhalt unseres Kühlschranks und die übrigen Lebensmittel waren schnell aufgebraucht und durch leckere vegane Alternativen ersetzt. Aber leider gab es in unserem Haushalt noch vieles was vom Tier stammte. Kosmetik wie Shampoo, Duschgel, Zahnpasta und Seife brauchten wir auf. Einfach wegwerfen kam auch hier wieder nicht für ins in Frage. Die unbequemen Lederschuhe die ich nie anzog, gingen als Spende zum Sozialkaufhaus. Meine Lederhandtaschen und die Daunenjacke verkaufte ich über Kleinanzeigen und der kaputte Gürtel wurde durch einen aus Kork ersetzt. Handtaschen hatte ich sowieso mehr als genug, benutzte jedoch immer die Gleiche aus Stoff. So wurde mir die Auswahl bei Handtaschen enorm erleichtert und der Schrank gewann mal wieder an Platz dazu. Natürlich könnte man die Sachen auch auftragen, wir wollten uns jedoch nicht mehr mit Accessoires aus toten Tieren schmücken. Die Ledersachen einfach zu entsorgen, fand ich nicht nachhaltig. Schließlich würden die Käufer meiner Artikel ansonsten auf neues Leder zurückgreifen und so die Lederproduktion weiter ankurbeln. Doch ein großes Lederteil stand noch in unserem Wohnzimmer. Es war schick, schwarz, komplett mit Leder überzogen, eigentlich zu klein für uns drei und dabei noch ziemlich unbequem. Nachdem wir eine Dokumentation über die Lederherstellung gesehen hatten, fühlten wir uns auf unserem Ledersofa einfach nicht mehr wohl. Wir waren eher zufällig in einem großen Möbelhaus unterwegs, als wir über unser neues Sofa stolperten. Es war ein kleines graues Ecksofa mit Stoffbezug. Man konnte es sogar zu einer großen Liegefläche ausziehen und es besaß einen praktischen Bettkasten für unsere Sofadecken. Dabei war der Preis zu unserer Freude noch recht überschaubar. Zu Hause angekommen, stellte ich unser wirklich gut erhaltenes Ledersofa direkt bei Kleinanzeigen ein. Ein paar unverschämte Preis-anfragen später, fand sich ein Käufer der es sofort abholen wollte. Tja, und abends saßen wir dann auf dem Fußboden! Eine Woche mussten wir ohne Sofa auskommen, da früher keine Möglichkeit bestand das neue Sofa abzuholen. Also holten wir kurzentschlossen das Mini- Sofa unseres Sohnes ins Wohnzimmer und quetschten uns dort abends zu dritt mit Hund zusammen. Eigentlich waren es sehr gemütliche Abende. Das neue Sofa war nach dieser Woche schnell abgeholt und wir frischgebackenen Veganer fühlten uns darauf sichtlich wohler. Doch als wir meinten, wir hätten endlich alle tierischen Produkte aus dem Kühlschrank und der Wohnung verbannt, tauchten immer noch Kleinigkeiten tierischen Ursprungs auf. So holte unser Sohn auf einmal sein Schulportmonee aus Leder hervor und an die Sofakissen aus Daunen hatten wir auch nicht gedacht. Dass der Handfeger in der Gartenhütte und die Pinsel im Wasserfarbkasten aus Tierhaaren bestanden, war uns bis dahin nicht bewusst gewesen. Auch beim genaueren Hinsehen auf die Pflegeetiketten unserer Kleidungsstücke, fielen mir noch ein Pullover und ein Paar Socken mit Wollanteil in die Hände. Manche Dinge davon trugen wir noch auf, andere spendeten oder verschenkten sie. Durch das Ausmisten verschiedener tierischer Dinge reduzierte sich auch unser Besitz wieder weiter. Manche Dinge ersetzten wir schlichtweg nicht, weil wir sie einfach nicht vermissten. Heute findet sich nur noch ein einziges Teil tierischen Ursprungs in unserem Haushalt. Es handelt sich um eine Bettdecke aus Kamelhaar, die wir noch so lange benutzen werden, bis sie nicht mehr zu gebrauchen ist. Ein Kamel verliert sein Fell beim Fellwechsel ganz natürlich und muss dafür nicht geschoren werden. Die Haare werden aufgesammelt, gereinigt und zu Decken, Kissen oder Matratzen weiterverarbeitet. Damit können wir als Veganer gut leben.

Sollte unsere Kamelhaardecke den Geist aufgeben, wird sie irgendwann durch eine Decke aus Bio Baumwolle oder Leinen ersetzt.

Aber etwas Tierisches haben wir trotzdem noch im Haus, das allerdings ziemlich lebendig ist, nämlich unsere liebe Mischlingshündin! Die steht immer bettelnd vor mir, wenn ich Möhren schäle oder die Tofuverpackung öffne.

Die Umstellung unserer Ernährung, unserer Wohnung und unserer Köpfe auf vegan dauerte nicht lange. Die Umstellung unsere Familie, Freunde und Mitmenschen auf unsere neue vegane Lebensweise dafür umso länger. Mit großen Augen schauten sie uns an als wir verkündeten, dass wir die Sahnetorte und die Grillwürstchen nicht mehr essen möchten. Was folgte waren unzählige Fragen, Verständnis und Unverständnis zugleich, Diskussionen über die Massentierhaltung und

Schlachtung und ob veganes Essen gesund oder ungesund ist. Viele zweifelten vermutlich auch an unserem Verstand, hatten wir doch bereits unseren halben Besitz verschenkt und schienen auch sonst irgendwie „komisch“ geworden zu sein. Zu diesem Zeitpunkt war ich oft unsicher, wenn ich mich mal wieder unverstanden fühlte und mich für meine Einstellung rechtfertigen musste. Diese Unsicherheit merkte natürlich auch mein Gegenüber und die Diskussionen gingen dann erst richtig los.
Heute stehe ich ganz selbstbewusst zu meiner Einstellung. Auf Diskussionen lasse ich mich nicht mehr ein. Natürlich darf jede Person Fragen stellen die sich wirklich für das Thema interessiert und bekommt dann auch eine vernünftige Antwort. Nach zwei Jahren veganer Lebensweise und den Erfahrungen die wir damit gemacht haben, weiß ich sofort welchen Typ Mensch ich vor mir habe. Sollte es sich um einen „Diskutierer“ halten, ist das Gespräch für mich schnell beendet. Schließlich brauche ich mich nicht rechtfertigen, warum ich keine Massentierhaltung und die Ausbeutung von Mensch und Tier unterstützen möchte. Abgesehen vom gesundheitlichen Aspekt. Viele die uns Veganer angreifen und tolle Ratschläge hervorkramen, haben sich erfahrungsgemäß noch nie in ihrem Leben mit der eigenen Ernährung auseinander

gesetzt. Dabei würde es vermutlich viele Krankheiten lindern oder sogar heilen, wenn einige Menschen sich mit dem auseinander setzen würden, was sie täglich auf ihrem Speiseplan stehen haben. Oft kann man die Inhaltsstoffe vieler Lebensmittel nicht aussprechen und niemand weiß genau, um was es sich dabei eigentlich handelt. Trotzdem werden diese Produkte bedenkenlos gegessen. Es lohnt sich, die Zutatenlisten genau zu lesen, der eigenen Gesundheit zuliebe. Unser Motto dabei ist: Was wir nicht kennen oder aussprechen können, das essen wir auch nicht! Erfahrungsgemäß ist es oftmals so, je kürzer die Zutatenliste, desto besser ist das Produkt.

Ein weiterer sehr interessanter Aspekt in der pflanzlichen Ernährung ist die emotionale Ebene. Damit meine ich natürlich auch das Mitgefühl den Tieren gegenüber, aber es gibt noch einen weiteren Punkt. So gewann man aus Organtransplantationen die Erkenntnis, dass Gewebe Emotionen speichern kann. Empfänger von Organspendern haben davon berichtet, dass sie die Emotionen ihrer Spender empfinden. Dies ist möglich, da Organe und Gewebe in der Lage sind Energie zu speichern. Dabei ist es egal ob es sich um das Herz, Leber, Haut, Blut oder Muskeln handelt. So wie unser menschliches Gewebe Emotionen und Energie speichern kann, kann es auch tierisches Gewebe. Tiere im Schlachthof erleben viel Panik, Hilflosigkeit und Todesangst, diese Emotionen gehen dabei in das Fleisch über. Beim Fleischverzehr nehmen wir somit die Emotionen und die Energie der Tiere auf. Diese Energie des Fleisches beeinflusst die Stimmung, das Bewusstsein und das Verhalten des Fleischessers.

So ist es nicht verwunderlich, dass viele Amerikaner die ja bekanntlich sehr viel Fleisch verzehren, Kriege unterstützen, Gewalt in Schulen an der Tagesordnung steht und generell viel Angst und Aggressivität in der Bevölkerung dort herrscht.

Die Grausamkeit wie wir mit den Tieren umgehen, so gehen wir letztendlich auch mit uns um. Wir quälen nicht nur die Seelen der Tiere, sondern auch unsere eigenen.

Nach unserer Umstellung auf die vegane Lebensweise veränderten wir uns, äußerlich und innerlich. Wir wurden schlanker, der Muskelkater nach dem Sport war schneller wieder weg, die Haut wurde reiner, der Geruchs- und Geschmackssinn wurde feiner, wir bekamen Spaß am Kochen und probierten gerne Neues aus, der Genuss beim Essen wurde größer, wir waren ausgeglichener, zufriedener und wurden empathischer, Tieren und Menschen gegenüber. Wir haben mittlerweile viele tolle leckere Lebensmittel kennen und schätzen gelernt, an die wir uns als Nicht- Veganer vermutlich nie heran getraut hätten. Doch anfangs fühlten wir uns sehr oft missverstanden, nicht ernst genommen und irgendwie andersartig. Viele vertraute Menschen verstanden uns nicht und wir sie nicht mehr. Da klafften auf einmal zwei verschiedene Lebenseinstellungen wie eine Felsschlucht weit auseinander. Bei manchen Menschen fanden wir einen guten Mittelweg, bei anderen leider gar keinen. Nicht jeder kommt mit Veränderungen gut zurecht, da trennen sich schon mal die Wege.

Wenn die vorherigen Gemeinsamkeiten plötzlich wegfallen und man keine neuen findet, wird es auf Dauer recht schwierig. Aber das Leben geht weiter und als wir auf der Kreuzung die vegane Richtung einschlugen, blieben manche Wegbegleiter leider zurück. Wie wir schnell feststellten, waren wir jedoch nicht alleine auf diesen neuen Pfaden unterwegs. So kreuzten nach ein paar Wochen einige Gleichgesinnte unseren Weg. Zum ersten Mal fühlten wir uns wieder verstanden und nicht mehr wie Aussätzige. Wir wunderten uns Anfangs immer wieder, wie viele gemeinsame Einstellungen und Lebensansichten wir doch mit diesen Menschen teilten. Wurden wir in unserem alten Bekanntenkreis nun des Öfteren für unsere neue Einstellung schief angeschaut, so verstanden uns diese damals noch fremden Menschen erstaunlich gut. Aus den Fremden sind heute gute Freunde geworden mit denen wir gerne Zeit verbringen, zusammen kochen und uns über alle Themen die uns beschäftigen austauschen können. Wir haben gemerkt, wie wichtig es ist Gleichgesinnte zu finden, sonst wird es ein harter Weg, den einige Menschen alleine vielleicht nicht bewältigen können.

Es muss jetzt nicht jeder von heute auf morgen zum Veganer/in werden. Etwas mehr Respekt den Tieren und der Umwelt gegenüber, die eigenen Ess-gewohnheiten überdenken, sich mit Lebensmitteln, deren Herkunft und Inhaltsstoffen auseinander setzen. Vielleicht auch mal etwas im Regal liegen lassen wenn es für einen selbst ethisch nicht vertretbar ist, weniger Fleisch und Milchprodukte konsumieren und pflanzlichen Alternativen einfach mal eine Chance geben. Seiner eigenen Gesundheit zuliebe auf unverarbeitete Lebensmittel zurück greifen, Bio-Produkte kaufen und kleine nachhaltige Firmen unterstützen. All das würde schon dazu beitragen, unsere Welt ein klein wenig besser und gesünder zu machen. Für die Zukunft wünsche ich mir eine Welt, in der kein Kind an Hunger sterben muss, Tiere ohne Leid und artgerecht gehalten werden, der Regenwald wieder wächst, die Menschen gesünder leben, mehr Mitgefühl

für alle Lebewesen haben und Rücksicht aufeinander nehmen.
Jeder von uns kann seinen kleinen Teil dazu beitragen, fangen wir am besten heute damit an!

Barfußlaufen

Wir hatten uns nun schon einige Zeit mit unserer Kosmetik, Körperhygiene und Ernährung befasst. Aber es gibt noch mehr Bereiche, die wir hinterfragten. Was machen wir nur, weil es alle machen und tut es unserem Körper überhaupt gut? Wie gesund sind eigentlich unsere Kleidung und Schuhe? Tragen Schuhe die dem neuesten Trend folgen überhaupt zur Fußgesundheit bei? Unpassende Schuhe schädigen nicht nur die Füße, sondern können auch Beschwerden in der Wirbelsäule auslösen. So kam es, dass wir uns eines Tages auch über dieses Thema Gedanken machten. Als wir die vier Schubladen unseres großen Doppelbetts ausmisteten, war eine Schublade besonders gut gefüllt. Es war die Schublade mit den Schuhen die man nicht täglich anzog. Die genaue Anzahl der Schuhpaare weiß ich leider nicht mehr, aber es waren wirklich viele. Da kam wie bei vielen Dingen wieder eine Frage auf. Wie viele Schuhe braucht ein Mensch eigentlich? Die Antwort fällt dabei wohl sehr individuell aus. Aber ein Paar Füße können immer nur ein Paar Schuhe tragen, das ist Fakt! Auch wenn die Schuhregale mancher Menschen vermuten lassen, dass es sich bei deren Besitzern um einen Tausendfüßler handeln muss. So war es bei uns nicht anders. Unter den Schuhleichen befand sich ein Paar Sandalen die ich nie anzog, weil sie scheuerten, spitze Stiefeletten die meine Zehen abquetschten und Schuhe mit hohen Absätzen auf denen ich wie ein besoffener Elefant auf Stelzen lief. Von solchen Fehlkäufen und ungeliebtem Schuhwerk gab es einige Paare. Es waren schlichtweg Schuhe in denen ich nicht laufen konnte, die unbequem waren und die deshalb ein Dasein als Schrankleichen fristeten. Doch bevor wir einfach alles wegwarfen, kam die altbekannte Frage wieder auf: Aber wir können sie vielleicht noch mal gebrauchen? Vielleicht ziehe ich die Absatzschuhe zu einer Hochzeit an und die Sandalen im Sommer zu einer Gartenparty? Doch warum sollten diese Schuhe seit mehreren Monaten oder sogar Jahren ungenutzt im Schrank liegen und urplötzlich genau zu dem Kleid passen, das ich vielleicht irgendwann mal auf einer Hochzeit anziehen werde? Unbequem bleiben sie trotzdem! In der Kirche stolper ich den anderen Hochzeitsgästen auf dem Weg in die Bankreihe hinterher, beim Sektempfang kann ich kaum stehen, weil die Absätze auf dem Kopfsteinpflaster der schicken Location ständig umknicken oder in den Fugen hängen bleiben. Ab nachmittags plage ich mich mit Rückenschmerzen herum und während die anderen Hochzeitsgäste den ganzen Abend durchtanzen, sitze ich auf dem Stuhl, lege die Beine hoch und verarzte meine Blasen, die ich mir über den Tag hinweg zugezogen habe. Nein, das ist kein Horrorszenario, sondern war schon mal bittere Realität für meine armen Füße. Warum um Gottes Willen tu ich mir so etwas eigentlich freiwillig an? Nur weil es schick ist? Es gibt auch bequeme Schuhe die schick sind, mit denen ich mit Freude und ohne Schmerzen die ganze Nacht durchtanzen kann. Sollte ich mir die Quälerei also freiwillig wieder und wieder antun? Mal ehrlich, wenn ich auf einer Feier eingeladen bin, möchte ich nette Gespräche führen, einen schönen Tag oder Abend verbringen, Spaß haben und mich dabei wohlfühlen. Was mein Gesprächspartner für Schuhe trägt, ist mir dabei ziemlich egal. Vermutlich fällt ihm nicht mal auf, was ich für Schuhe trage.

Das Schicksal dieser Armee von unbequemen Schuhen war somit entschieden. Weg damit!

Im ersten Moment stieg leichte Panik auf, was wäre, wenn plötzlich eine Einladung ins Haus flattert und ich keine passenden Schuhe habe? Vermutlich ist das das ultimative Horrorszenario für jede Frau, war es für mich damals auch. Da ich aber meinen Alltag außerhalb der Wohnung mit Schuhwerk bewältige, werde ich beim nächsten Anlass wohl nicht barfuß gehen müssen. Dieser Gedanke lies mich etwas ruhiger werden, als ich über das endgültige Schicksal meiner Schuhe entschied.

Der endgültige Abschied dieser ungeliebten Treter fiel mir leicht, schließlich war ich was das Ausmisten anging regelrecht im Training. Zudem hatte ich von den aussortierten Dingen bisher nie etwas vermisst. So wurde ein weiterer Karton für das Sozialkaufhaus gepackt, diesmal bis oben gefüllt mit gut erhaltenen Schuhen. Ein paar nicht mehr tragbare kaputte Schuhkreaturen bestattete ich in der Mülltonne. Mein Mann ging dabei ebenfalls rigoros vor, sich von ungeliebtem und unbequemem Schuhwerk zu trennen. Mit einem Schlag waren die kompletten Schubläden unter dem Bett leer, da die verbliebenen Schuhe locker in das Schuhregal im Flur passten. Von nun an hatten wir unsere gesamten Schuhe im Blick, da fallen weitere Paare schnell auf die man nie anzieht. Also ebenfalls weg damit! Ich wollte morgens einfach nicht mehr vor dem Schuhregal stehen und überlegen, welche Schuhe es denn heute sein dürfen. Irgendwie ziehe ich sowieso immer die Gleichen an, weil sie bequem sind oder sich einfach im Alltag bewährt haben. So behielt ich ein Paar Sneaker für den Alltag, Ballerina für den Sommer, ein Paar Stiefel für den Winter, meine Laufschuhe, Gummistiefel und Hausschuhe. In unserem Schuhregal befinden sich heute nur noch bequeme Lieblingsschuhe, die täglich oder zumindest regelmäßig getragen werden. Bei unserem Sohn ist nichts an Schuhen auszumisten, da er noch wächst hat er sowieso nur Schuhe die er wirklich braucht und anzieht. Zur nächsten Hochzeitseinladung zog ich übrigens meine schwarzen Ballerina einer Barfußschuhmarke an. Die passen farblich zu jedem Kleid, sind sehr bequem und man kann die ganze Nacht schmerzfrei durchtanzen. Ein Sprint über Kopfsteinpflaster zum Kuchenbuffet ist damit auch kein Problem, sollte es erforderlich sein.

Als Hobbyläufer kommt irgendwann der Tag, an dem die geliebten Laufschuhe das zeitliche segnen. Was regelmäßig benutzt wird, geht früher oder später kaputt und muss ersetzt werden. Mein Mann ist Marathonläufer und er holte sich Tipps und Anregungen was den Laufstil verbessert, über alternative Schuhe zum Laufen und was unseren Füßen und Körpern eigentlich gut tut.

Viele Naturvölker kennen keine Fußprobleme. Diese Menschen laufen scheinbar schwerelos und sehr elegant mit ihren schlanken Körpern und endlos scheinenden Beinen durch Gestrüpp und Dornen. Sie bewegen sich dabei ganz leichtfüßig und selbstverständlich mit dem ursprünglichsten aller Laufschuhe. Sie laufen barfuß! Wer schon einmal beim Berlin Marathon die ersten Läufer ins Ziel laufen gesehen hat, der wird den Laufstil als ähnlich empfinden. Die Marathonläufer laufen zwar nicht in barfuß, das wäre auf 42km Asphaltstrecke auch nicht empfehlenswert, aber sie haben eins gemeinsam. Fast alle diese Läufer laufen auf dem Vorderfuß! Unsere Vorfahren liefen barfuß oder hatten ganz einfache Schuhe, die die Fußsohlen vor Dornen und Steinen schützten. Da gab es keine ultimativ gedämpften Hightech- Schuhe, die uns in einem Gang durch die Stadt gehen lassen, wie ein Astronaut bei einem Mondspaziergang nach dem Frühstück. Unsere Füße bringen ihre eigene Dämpfung schon mit, in Form von einem Unterbau in der Fußsohle, die aus einem Fettkörper besteht. Dieser hat eine polsternde Wirkung und dämpft Schritte und Stöße ab. Wir kommen ohne Schuhe auf die Welt, machen unsere ersten wackeligen Schritte auf diesem Planeten in barfuß oder in Socken. Sobald die winzigen Kinderfüße ihre ersten kleinen Schritte in der großen weiten Welt draußen gehen, werden sie in oftmals unflexible, steife Schuhe gesteckt, die den Füßen weder Freiraum zum bewegen, noch Luft zum atmen lassen. Das ist der Zeitpunkt, an dem wir unsere natürliche Gangart verlernen, nämlich auf dem Vorder- oder Mittelfuß zu laufen. Fast alle heutigen Schuhe besitzen eine unflexible Sohle oder sind stark gedämpft. So bleibt unseren Füßen nichts anderes übrig, als mit der Ferse aufzutreten und abzurollen. Ein Vorderfußgang ist unmöglich. Doch das ist für viele

Menschen auf Dauer nicht ohne Folgen. Zivilisationskrankheiten wie Rücken-, Hüft- oder Kniebeschwerden sind für viele von uns die Normalität und gehören einfach zum Alltag dazu. In Ländern wie zum Beispiel Indien, in denen noch überwiegend barfuß gelaufen wird, sind diese Zivilisationskrankheiten weitestgehend unbekannt. Wir ruinieren uns ganz freiwillig unsere Gesundheit und das allein mit der Auswahl unserer Schuhe. Die Ärzte und Orthopäden freut es, lässt sich doch mit den oftmals verformten und unter Fehlstellung leidenden Füßen einen Batzen Geld verdienen. Im Glauben unseren Füßen etwas Gutes zu tun, lassen wir uns fleißig Einlegesohlen verschreiben. Das fängt bereits bei Kleinkindern an. Natürlich haben diese Maßnahmen bei angeborenen oder krankheitsbedingten Fußproblemen ihre Berechtigung. Doch die breite Masse wäre ohne vermutlich besser dran. Aber Ausnahmen bestätigen wie so oft die Regel und so gibt es einige Menschen, an denen die Schuhgeschäfte kein Geld verdienen können.

In unserer Stadt läuft ein Mann mittleren Alters, den wir schon seit Jahren hin und wieder auf der Straße sehen. Ob im Sommer bei dreißig Grad oder im Winter bei Minusgraden, er fällt vermutlich jedem auf, nicht nur wegen seiner langen Haarpracht und der optischen Ähnlichkeit mit Jesus. Das Auffällige an diesem Mann ist, dass er wirklich immer und zu jeder Jahreszeit barfuß geht! Früher haben wir ihn oft belächelt, heute bekommt er dafür von uns Bewunderung. Er scheint seine Füße so an das Barfußlaufen gewöhnt zu haben, dass die Temperaturen und der Untergrund wie Asphalt keine Rolle zu spielen scheinen. Mit welchen Kommentaren und Blicken er aus seiner Umwelt fertig werden muss, kann man nur erahnen. In unserer westlichen Kultur stößt Jemand der ohne Schuhe an der Supermarktkasse steht, wohl nicht unbedingt auf Begeisterung. Trotzdem gibt es Menschen wie er, die sich über die Norm hinwegsetzen und einfach auf den eigenen Körper und das Bauchgefühl hören, egal was andere über sein Verhalten denken. Dass Barfußlaufen gesund ist hat sich schon längst herumgesprochen. Die Freizeitindustrie wirbt mit Barfußparks als besonderes und gesundes Erlebnis. Aber mal ehrlich, Barfußlaufen kann man immer und überall wenn man es denn möchte. Braucht es dazu extra angelegte Barfußwege, auf denen fein säuberlich Steinchen an Steinchen gelegt wurde, gleich neben dem Erlebnisfeld für die Füße mit Rundhölzern, über die Hans und Franz mit seinen mehr oder weniger hygienisch gepflegten Füßen mit der Masse an dauergeschundenen Füßen mitläuft. Für einige Füße wird das wahrlich ein Erlebnis sein, sind sie doch permanent entweder in steife Straßenschuhe,

Hausschuhe und nachts vielleicht noch in Socken eingesperrt. So wird der fantasievoll angelegte Barfußweg dann zu einem schmerzhaften Erlebnis, dass dem Lauf eines Fakirs auf dem Nagelbrett gleicht. Wen wundert es. „Das ist nichts für mich“, hört man es dann von der nächsten Bank, auf der die völlig überforderten Füße schnell wieder in ihr Socken- Schuhgefängnis gesperrt werden. Barfußlaufen ist wohl das natürlichste und gesündeste für unsere Füße und somit auch für unseren Rücken, Hüften und Knie. Minimalistischer kann man sich nicht fortbewegen. Wer immer barfuß durchs Leben marschiert, vergeudet keine Zeit mehr auf der Suche nach dem passenden Schuhwerk und spart sich dabei ein nettes Sümmchen Geld. Doch wer mag schon immer und überall barfuß sein. Was im Schwimmbad eine Selbstverständlichkeit ist, wird im Büro oder im Lebensmittelgeschäft wohl eine gewisse Hysterie der Mitmenschen auslösen, inklusive Ablehnung, blöder Kommentare und vor Ekel verzogenen Gesichtern beim Anblick der nackten Füße des Gegenübers. Trotzdem sollten wir unseren Füßen so oft wie möglich einen Urlaub von festem Schuhwerk gönnen. Sei es zu Hause in der Wohnung, im Garten, im Wald oder im Park. Möglichkeiten bieten sich gerade im Sommer meist reichlich. Wir gehören auch nicht zu den hartgesottenen Barfußgängern, die bei minus fünf Grad

im Regen ohne Schuhe durch die Stadt bummeln. Doch sobald die Temperaturen es für unser Empfinden zulassen, laufen wir in der Wohnung und im Garten ausschließlich mit nackten Füßen. Wenn es im Sommer noch nicht so heiß ist, gehe ich auch gerne mal barfuß eine Runde mit dem Hund durch die Siedlung. Komischerweise fällt den meisten Menschen die mir entgegen kommen noch nicht einmal auf, dass ich meine Schuhe anscheinend zu Hause vergessen habe. Sobald die Temperaturen im Sommer aber höher klettern, wird es unangenehm unter den Füßen. Da fühlt sich der Asphalt schnell wie heiße Kohlen an.
Auf der Suche nach einem gesunden Laufstil stieß mein Mann bei seiner Recherche nicht nur auf den Vorderfußlauf und das Barfußlaufen, sondern auch auf ganz besondere Schuhe die beides vereinen. Vielleicht haben einige von euch den Begriff Barfußschuhe schon mal gehört. Dabei handelt es sich um ganz leichte, atmungsaktive Schuhe, die eine sehr dünne flexible Sohle besitzen. Im Zehenbereich sind sie weiter geschnitten, damit die Zehen genug Platz haben um sich beim Laufen zu spreizen und so natürlich abzurollen. So kommen sie dem Gefühl des Barfußlaufens extrem Nahe, schützen aber trotzdem die Fußsohlen vor Steinen, spitzen Gegenständen, Hitze oder Kälte. Die meisten Barfußschuhe kann man klein zusammen

rollen, sie sind sehr leicht, atmungsaktiv, waschbar, trocknen schnell und sind auch für einen Gang durch den Bach geeignet. Allerdings haben sie oft einen klitzekleinen Haken, gute Barfußschuhe haben ihren Preis. Wer nicht direkt so viel Geld ausgeben möchte und Barfußschuhe erst mal ausprobieren will, der findet mit etwas Glück ein paar günstige neuwertige Schuhe bei Kleinanzeigen. Da die meisten waschbar sind ist der hygienische Aspekt kein großes Problem. Es gibt viele Menschen, die sich diese Schuhe teuer angeschafft haben und nach dreimal tragen zu einem Schnäppchenpreis verkaufen. „Ist nicht meins" oder „Komme damit nicht zurecht" liest man in solchen Anzeigen häufig. Dabei sollte man nach dreimal Tragen von Barfußschuhen keine Wunder erwarten. Die Füße brauchen ihre Zeit für eine Umstellung. Ein Leben lang in gedämpfte steife Schuhe eingequetscht, haben sich Muskeln zurückgebildet, Sehnen verkürzt und der Fuß ist regelrecht verkümmert. Schließlich wird er in normalen Schuhen ruhig gehalten, die Zehen rollen zwar ab, der ganze Fuß arbeitet aber weiter nicht beim Laufen. Schaut man sich seine Füße beim Barfußlaufen genauer an, sieht man wie sich die Zehen beim abrollen spreizen. Das ist jedoch bei normalen Schuhen aufgrund der Enge nicht möglich. Die Füße haben regelrecht verlernt zu arbeiten. Läuft man barfuß, muss sich der

Fuß dem Untergrund anpassen, indem er sich nach vorne, hinten, links und rechts neigt, mal mehr mal weniger stark. In Schuhen kommt ab einer gewissen Neigung der Punkt, an dem man seitlich über die Sohle nicht mehr abrollen kann und umknickt.
Wer jetzt meint, mit Barfußschuhen ist ab dem ersten Tag alles super, der muss sich leider erst in Geduld üben. Die Füße brauchen ihre Zeit, um sich an die neue Arbeit zu gewöhnen.
Mein Mann war der Erste in unserer Familie mit Barfußschuhen. Wir haben in der nächsten großen Stadt einen kleinen Barfußschuhladen, der auch nur die eigene Marke vertritt. Mit reichlich Zeit im Gepäck, betraten wir mit unseren dicken Turnschuhen das erste Mal diesen kleinen, doch sehr überschaubaren Laden. Die Beratung war ausgesprochen freundlich und kompetent und mein Mann probierte einige Schuhe an. Meine Neugierde war natürlich groß, also marschierte ich probeweise ebenfalls ein paar Meter mit den unglaublich bequemen Schuhen durch den Laden. Sie fühlten sich an den Füßen an wie sehr gemütliche Pantoffeln. Dabei sehen sie normalen Sneakern sehr ähnlich, bis auf die flache Sohle und den etwas breiteren Zehenbereich. Da so ein Paar Schuhe um die 140€ kostet, verließen wir den Laden an diesem Tag nur mit einem Paar, die für meinen Mann. Er zog sich seine

neuen Wohlfühltreter bereits im Laden an, die Turnschuhe kamen in die Tasche. Als hätte er gerade einen fremden Planeten betreten, ging er wie ein kleines Kind, dass sich über seine ersten Schritte freut zum nahegelegenen geparkten Auto. Seit dem Tag sieht man ihn fast ausschließlich in seinen Barfußschuhen laufen. Ausnahme sind die Sicherheitsschuhe bei der Arbeit und die Laufschuhe. An den ersten Tagen merkte er nur etwas Muskelkater und dass die Füße mehr beansprucht wurden. Damit war die Umstellung für ihn erledigt. Männer sind da anscheinend einfach schmerzfreier. Ein gutes halbes Jahr später, von der Begeisterung der besseren Hälfte für seine Schuhe angesteckt, betraten wir erneut den kleinen Barfußschuhladen. Ich freute mich riesig, denn diesmal sollten meine Füße einen neuen Lebensabschnitt beginnen. Ein paar Modelle und verschiedene Größen später, fand ich meinen Schuh. Die Wahl fiel auf genau den gleichen Schuh wie ihn mein Mann bereits hatte. Nur halt etwas kleiner. Da diese Barfußschuhmarke ausschließlich Unisex Modelle, bis auf Ballerina, anbietet, ging es bei der Auswahl eigentlich nur noch um die Farbe. Schwarz passt immer und überall, ist neutral, unempfindlich und überzeugte meinen Mann wie mich was unsere Entscheidung betraf. So besaßen wir ab jetzt die gleichen Schuhe, was im Endeffekt kaum jemandem im Alltag auffällt. Da hatte ich sie nun, meine neuen Barfußschuhe. Die Erwartung daran war groß. Auf den Spaziergängen dreimal täglich mit dem Hund zog ich sie jedes Mal an. Eigentlich immer sobald ich das Haus verließ. Doch die Ernüchterung kam nach ein paar Tagen. Beim Gehen bekam ich Rückenschmerzen, die Füße taten weh und fühlten sich abends an als würden sie jeden Moment durchbrechen. Das ist vermutlich der Punkt, wo viele ihre neue teure Errungenschaft günstig bei Kleinanzeigen zum Verkauf einstellen und ihre Füße wieder in die alten Schuhe stecken. Meine Füße waren schlichtweg überfordert und ich hatte ihnen direkt zu viel zugemutet. Nach ein wenig Recherche im Internet las ich, dass die Füße einfach eine Zeit für die Umstellung brauchen. Diese Umstellung kann ein halbes oder sogar ein Jahr dauern. Oje, so hatte ich mir das nicht vorgestellt. Schließlich hatte ich schon etliche neue Schuhe in meinem Leben gekauft, was sollte an diesen jetzt so anders sein? Aufgeben kam für mich überhaupt nicht in Frage, also wechselte ich regelmäßig meine Schuhe, morgens Turnschuhe, mittags Barfußschuhe, nachmittags wieder Turnschuhe, abends Barfußschuhe. Diese Umstellung war jedes Mal größer als ich dachte, schließlich verändert der Barfußschuh auch den Gang. Man läuft automatisch auf dem Mittel- oder Vorderfuß. Das merken nicht nur die Füße, sondern auch die Beine, Knie und vor allem mein Rücken merkte dies besonders. Nach einer Woche war der Spuk in meinem Rücken vorbei, die Schmerzen waren weg. Doch meine Füße brauchten für die Umstellung etwas länger als ich dachte. Im Nachhinein würde ich sagen, dauerte es ungefähr ein halbes Jahr, bis sie sich an den neuen Gang und die ungedämpfte Sohle gewöhnt hatten und abends nicht mehr verspannt waren. Als der Winter kam wurde es mir zu kalt in den dünnen Schuhen und begab mich auf die Suche nach gefütterten Barfußschuhen. Bei Kleinanzeigen fand ich nach gewisser Zeit meine Winterbarfußschuhe und machte obendrein ein schönes Schnäppchen. Mein Mann läuft sogar das ganze Jahr über in seinen Sommerschuhen, er hat einfach immer warme Füße. Da der Fuß automatisch mehr arbeitet und mehr bewegt wird, läuft man sich regelrecht die Füße warm. Da ich aber eine Frau bin und manche Frauen nicht nur klischeemäßig kalte Füße haben, klappt das bei mir leider nicht so gut im Winter. Angesteckt von unserer Begeisterung für die minimalistischen Schuhe kam irgendwann der Zeitpunkt, an dem unser Sohn auch unbedingt welche haben wollte. Da er noch wächst, vertrösteten wir ihn auf den nächsten Schuhkauf, wenn seine Turnschuhe zu klein geworden sind. Bei Kleinanzeigen schaute ich

immer wieder nach einem passenden Paar für ihn und wurde fündig, als der nächste Schuhkauf sowieso vor der Tür stand. Schnäppchenjagd bei Kleinanzeigen ist etwas tolles, aber dafür gibt es leider auch kein Umtauschrecht. Da unser Sohn zu dem Zeitpunkt die gleiche Schuhgröße wie ich hatte, probierte er vorher meine Schuhe an damit sie auch wirklich gut passten. Das Ende vom Lied ist, wir haben alle drei die gleichen Barfußschuhe! Aber warum sollte man nur wegen der Optik auf eine andere Marke zurückgreifen, wenn sich diese für uns bewährt hat und wir sehr zufrieden sind? Mittlerweile haben alle Schuhe schon mehrere Wäschen in der Waschmaschine hinter sich und sehen danach wieder aus wie neu. Von der Qualität und dem Tragegefühl sind wir alle drei nach wie vor begeistert.
Den Härtetest für unsere Füße und Schuhe gab es für meinen Mann und mich im letzten Sommer auf dem Jakobsweg. Rund 270km in Barfußschuhen, dreißig Grad Hitze, zwischen 20 - 33km täglich über Asphalt, Beton, Kopfsteinpflaster, Schotter und Waldwege und das Ganze elf Tage lang. Am zweiten Tag hatten wir uns jeder eine Blase gelaufen, wohlgemerkt unter dem Fuß. Allein aus dem Grund weil wir das machten, was man bei einer solchen Tour niemals machen sollte, nämlich neue Socken tragen die nicht eingelaufen sind! Diese Lektion haben wir auf jeden Fall gelernt. Davon

abgesehen, waren unsere Schuhe zu jeder Zeit um den Fuß herum bequem, scheuerten nicht und das Schwitzen darin war nichts, im Gegensatz zu dem was andere Pilger in ihren dicken Wanderschuhen schwitzten. Doch es gab auch einige Male an denen wir uns unsere Laufschuhe herbei gewünscht haben. In Portugal und Spanien sind die Bürgersteige oft aus Betonplatten, der gibt in keinster Weise nach und das merkt man den Füßen irgendwann an. Nach mehreren Kilometern auf diesen Betonplatten fühlte sich Asphalt an wie Butter unter den Füßen. Da wird ein Waldweg gefeiert wie ein Lottogewinn und zum kurzen entspannenden Wellnessurlaub für Füße und Knie. Barfußschuhe sind etwas Tolles und wir möchten sie nicht mehr missen, aber für solche Strecken von bis zu 33km, die hauptsächlich über Beton und Asphalt führen, würden wir uns beim nächsten Mal ein Paar Turnschuhe zum Wechseln mitnehmen. Überhaupt fielen wir mit unseren Schuhen so manches Mal auf, wenn wir auf dem Weg unterwegs waren oder abends in der Unterkunft. Unsere Barfußschuhe bekamen immer wieder die Aufmerksamkeit der anderen Pilger. Besonders abends in den Herbergen, in denen alle Wanderschuhe auf Schuhregalen vor dem Schlafsaal abgestellt werden. Neben dicken hohen Wanderstiefeln und Turnschuhen, standen unsere sehr minimalistischen Barfußschuhe, die den Anschein erweckten wir hätten sie als Hausschuhe dabei. So wurden wir des Öfteren gefragt, um was es sich für Schuhe handelt und ob wir damit wirklich den ganzen Weg gehen würden. Wir stießen bei solchen Gesprächen meist auf große Bewunderung, bis auf einen Deutschen, der unsere Schuhe für absolut „sinnfrei“ hielt. Das „sinnfrei“ konnten wir direkt an ihn weiter geben, denn er war genau wie wir zwei Wochen unterwegs, schleppte aber einen Rucksack mit, der für mindestens sechs Wochen gereicht hätte. Wie viel Kilo er auf seinem Rücken trug, traute er sich beim Anblick unserer kleinen Rucksäcke anscheinend nicht mehr zu sagen.

Hinter die Fassade schauen

Der Jakobsweg war hart, im wahrsten Sinne des Wortes. Nicht nur für unsere Füße, sondern auch für unsere Köpfe. Auf dem Weg trifft man auf mystische Weise immer genau die Menschen, die man gerade braucht oder die einem in einer Situation weiterhelfen. Oft kam während des Tages auf dem Weg eine Frage auf die uns beschäftigte, wir tauften sie auf „Die Frage des Tages". Ja, wenn man den ganzen Tag vor sich hin marschiert, steigen die seltsamsten Gedanken auf. An diesem Tag jammerten mein Mann und ich uns gegenseitig die Ohren über unsere schmerzenden Füße voll. So stellten wir uns die Frage: „Ob Füße wohl denken können?" Denken Füße morgens, wenn ihnen noch die 25km vom Vortag in den Zehen stecken „Oh nein, bitte nicht schon wieder in die Schuhe quetschen und so weit laufen! Da mache ich nicht mit, wirst du gleich zu spüren bekommen." Wir bekamen noch am selben Abend die Antwort auf unsere Frage des Tages! In der Pilgerherberge hatten wir auf unserem Vierbettzimmer einen Italiener. Er war recht klein und rundlich und sah wenig sportlich aus. Einer von der lauteren Sorte Mensch, er führte sich auf wie ein cooler Proll, machte dauernd seltsame Geräusche und sein durchdringender oft nerviger Gesang war durch die ganze Herberge zu hören. Was einem gerne gesagt wird, fiel uns im ersten Moment bei diesem Menschen recht schwer: Man sollte Menschen nie nach ihrem Äußeren beurteilen! Im Gespräch mit ihm stellte sich heraus, dass er am Tourette- Syndrom leidet. Ein sensibler, intelligenter Mensch mit dem Herz am rechten Fleck, der sein wahres Ich hinter einer prolligen Fassade versteckte. Er zeigte Fotos seiner Kinder und erzählte uns, dass er den Jakobsweg geht um Schlimmes aus seinem Leben zu verarbeiten. Dieser Mann mit den vielen Tattoos der so cool herüberkam, hatte schon einiges hinter sich in seinem Leben. Er war Soldat in Afghanistan! Auch wenn er eher unsportlich herüberkam, ging er täglich bis zu 60km auf dem Jakobsweg. Für ihn als Soldat keine große Sache. Ohne dass wir fragten, gab er uns die Antwort auf unsere Frage des Tages. In seinem gebrochenen Englisch mit italienischem Akzent erklärte er uns folgendes: „Wenn dein Kopf sagt, du kannst nicht mehr weiter laufen, sagen deine Füße, okay, dann können wir jetzt nicht mehr. Dein Kopf muss der Chef sein. Wenn er deinen Füßen klar macht, dass sie weiter laufen müssen, werden sie es einfach tun." Er wird es wohl wissen dachten wir. Einige Menschen kommen für einen Augenblick in dein Leben, um dir etwas beizubringen. Der italienische Soldat hat uns an diesem Tag

einiges gelehrt! Über unsere Füße, aber auch über die Menschen.
Am nächsten Tag taten unsere Füße wieder weh, wenn auch weniger. Sie trugen uns weiterhin zuverlässig ohne weitere Blasen und Verletzungen bis an unser Ziel nach Santiago de Compostela. Als wir dort ankamen, lagen wir vor der beindruckenden Cathedrale zwischen anderen Pilgern auf dem Boden, streckten unsere geschundenen Füße in den Himmel und dankten ihnen und den Barfußschuhen, das sie uns bis hierher getragen hatten!
An dieser Stelle ein kleiner Hinweis an alle Leser, die mit dem Gedanken spielen, den Jakobsweg ebenfalls zu gehen: Machen! Ausreden zählen an dieser Stelle nicht! Man sagt, der Weg ruft einen. Genauso war es bei uns auch. Das Buch des Komikers Hans- Peter hat diesen Ruf in uns lauter werden lassen.
Wer den Jakobsweg in seinem Inneren bereits rufen hört, der findet einen Weg ihn zu gehen.
Die Erfahrungen auf dem Weg mit sich, seinem Körper und den Menschen ist einfach unglaublich und unbezahlbar. Wir nehmen auch heute noch vieles vom Jakobsweg mit in unseren Alltag. Der Weg, die Menschen und Erlebnisse haben uns sehr geprägt und mental verändert. Man lernt, was im Leben wichtig ist und das waren nicht unsere Besitztümer die wir im

Rucksack hatten. Das ist das, was Minimalsimus ausmacht. Glücklich sein durch weniger Besitz aber viele schöne Erfahrungen, Erlebnisse und liebe Menschen. Der Jakobsweg hätte es nicht besser bestätigen können!

Der emotionale Rucksack

Es ist doch wie so oft im Leben, alles ist machbar, der einzige der dies zu verhindern weiß, ist unser Kopf. Aber den inneren Schweinehund kann man sich erziehen. Doch dafür braucht es Geduld, Disziplin, Durchhaltevermögen, Willen und die richtige Einstellung. Sei es, 60km am Tag zu Gehen, die Wohnung auszumisten, abzunehmen, Sport zu treiben, sich gesund zu ernähren, Müll zu vermeiden, Plastik zu reduzieren oder mit dem Fahrrad zu fahren. Der innere Schweinehund findet grundsätzlich eine Ausrede! Wenn man etwas wirklich will, finden sich immer Mittel und Wege. Manchmal dauert es etwas länger, aber am Ende wird Geduld immer belohnt.

So verhält es sich auch mit dem Ausmisten wo immer wieder die Frage auftaucht, ob man dies oder jenes Teil noch braucht und was passiert, wenn man es weggibt. Um es kurz zu machen, man braucht weniger als man denkt! Wer schon einmal Wanderurlaub nur mit dem Rucksack gemacht hat, der weiß das. So erging es uns auf dem Jakobsweg nicht anders. Alles, was wir für zwei Wochen brauchten, trugen wir auf unserem Rücken. Ausgenommen davon waren Lebensmittel, die holten wir täglich frisch für den jeweiligen Tag. Minimalistischer als mit dem Rucksack kann man einfach nicht verreisen, vor allem wenn das komplette Gepäck täglich getragen werden muss. Wer neun Stunden am Tag mit einem Rucksack durch die Welt läuft, überlegt genau was er wirklich braucht. Da zählt jedes Gramm. Jedes Paar Socken und jedes T-Shirt zu viel macht sich auf den Schultern bemerkbar. Man kann sowieso immer nur ein paar Schuhe und Socken anziehen, ebenso nur eine Hose oder Pullover. Gut, beim Zwiebellook können es auch mal zwei Shirts sein, aber bei dreißig Grad im Schatten ist dies weder notwendig noch sinnvoll. Pilger erkennt jeder sofort am Rucksack und den Funktionsklamotten. Dabei haben die erfahrenen Pilger meistens den kleinsten Rucksack, also am wenigsten Gepäck. Auf dem Jakobsweg zählen andere Dinge als im Alltag zu Hause. Da wird man nicht gefragt, welches Auto man fährt, welchen Job man hat, wie viel man verdient, wie groß das Haus ist oder ob man die neueste Designerhandtasche besitzt. Dort zählen alleine zwei Fragen: „Wo bist du heute gestartet und wie weit gehst du heute?“ und ab und zu die Frage „Wie viel Kilo hat dein Rucksack?“ Da wir uns schon vor unserer Reise drei Jahre mit dem Minimalismus beschäftigt und konsequent umgesetzt hatten, war unser Gepäck sehr überschaubar. Wir waren, wenn die Frage nach dem Gewicht des Rucksacks aufkam, tatsächlich diejenigen mit dem leichtesten Gepäck.

Während viele andere Pilger zehn Kilo und mehr mit sich rumschleppten, kamen unsere Rücksäcke inklusive eineinhalb Liter Wasser gerade mal auf 6,5kg. Im Internet findet man zahlreiche Packlisten was man unbedingt mitnehmen sollte und was zu Hause bleiben kann. Ein netter Anhaltspunkt war es allemal, doch wir verließen uns auf unsere Bedürfnisse und unser Bauchgefühl. Für 14 Tage hatten wir jeder zwei kurze Garnituren (zwei T-Shirts, zwei kurze Hosen), eine Garnitur für kältere Tage (lange Hose, Langarmshirt), eine Fleecejacke, Funktionstuch (benutzten wir als Kopftuch gegen die Sonne), zwei Paar Socken, zwei paar Unterhosen, Schlafsack, ein kleines Handtuch, Badeschlappen für die Herberge und natürlich unsere Barfußschuhe in denen wir liefen. Als Frau hatte ich noch ein Sportbustier und ein Nachthemd mit. Wobei ich mein Nachthemd nach der ersten Nacht in der Herberge absichtlich vergaß. Wir wuschen unsere Klamotten vom Tag abends in der Herberge von Hand und schliefen in unseren sauberen Shirts für den nächsten Tag. Morgens kamen die gewaschenen über Nacht getrockneten Klamotten wieder in den Rucksack für Abends. Man mag es kaum glauben, aber das funktionierte tadellos. Es fehlte uns zu keiner Zeit irgendein weiteres Kleidungsstück. Man braucht weniger als man denkt, das haben wir in dieser Zeit sehr gut erfahren. Wieder zu Hause angekommen war es für uns ein richtiger Schock als wir vor unserem Kleiderschrank standen. Dabei war er nach drei Jahren Minimalismus und regelmäßigem Ausmisten schon sehr überschaubar. Doch auch nach dieser Erfahrung auf dem Jakobsweg, wollen wir im Alltag nicht nur mit zwei T-Shirts leben. Das wäre dann selbst für uns etwas zu wenig. Da ich zu Hause nicht alles mit der Hand waschen möchte und wir den Luxus einer Waschmaschine genießen können, sollte diese auch voll beladen gestartet werden. Trotzdem fanden ein paar einzelne Kleidungsstücke noch den Weg aus unserem Kleiderschrank heraus. Unsere Armee an Socken und Unterwäsche, die wir über Jahre aufgebaut hatten, werden nach und nach aufgetragen. Sollte die Anzahl irgendwann zu gering werden, dann werden einzelne Teile gezielt nachgekauft. Angst, etwas vergessen zu haben wenn wir in den Urlaub fahren, kennen wir nicht mehr. Klamotten für vier Wochen Urlaub haben wir noch nie besessen, da musste ich auch schon früher zwischendurch waschen. Ob wir nun eine oder vier Wochen in den Urlaub fahren, spielt für uns keine Rolle. Die Überlegung was ich mitnehme fällt gänzlich weg. Bei lediglich zwei Jeans und drei kurzen Hosen nimmt man einfach alle mit, sollte man länger als ein paar Tage wegfahren. Packlisten, stundenlanges hin und her überlegen ob man wirklich alles hat oder vielleicht doch etwas anderes mitnimmt entfällt für uns. Das ist wirklich sehr entspannend und spart unheimlich viel Zeit und Nerven. Ein paar Tage bevor wir in den Urlaub fahren wasche ich immer alles noch durch. Einen Abend vor Reisebeginn packt dann jeder von uns seine Sachen ein. Bei sieben T-Shirts die ich besitze brauche ich für eine Woche Urlaub nichts überlegen. Schuhe haben wir auf der Fahrt bereits an und nehmen eventuell noch ein Paar Schuhe zum wechseln mit plus Badeschlappen. Im Sommer kommen die Fleecejacke für abends und die Regenjacke für schlechtes Wetter in die Reisetasche. Sollte es doch mal kälter werden ziehe ich beide Jacken übereinander an. Fertig! Unsere großen Koffer haben wir im Laufe der Zeit verkauft und für jeden von uns eine wasserfeste, robuste Reisetasche angeschafft. Die sollten bei pfleglicher Behandlung ein Leben lang halten.

Einen großen Koffer würden wir vielleicht zu dritt noch vollbekommen. Abgesehen davon, dass wir nicht mehr so viel Gepäck haben um drei Koffer zu füllen, sind die Reisetaschen viel handlicher und kompakter. Die passen in jeden Kofferraum, Zug, Straßenbahn, Bus oder sogar aufs Fahrrad.

Doch nicht nur in Sachen Kleidung braucht man auf Reisen oder generell zu Hause weniger. Auf dem

Jakobsweg haben wir uns auch in Sachen Kosmetik auf das Nötigste beschränkt. So hatte jeder natürlich seine Zahnbürste mit, Zahnputztabletten, Deo, Sonnencreme und festes Shampoo haben wir uns geteilt. Das Shampoostück diente auch als Seife, Duschgel und zum Wäschewaschen. Ich hatte zusätzlich noch einen Kamm, Zahnseide und Ohrenstöpsel dabei. In Sachen Hausapotheke staunten wir so manches Mal nicht schlecht, wenn andere Pilger eine ganze Apotheke inklusive Arztpraxis auf dem Bett ausbreiteten. So kamen wir mit Pflastern, Sportsalbe, Aloe Vera Gel und Blasenpflastern aus. Wobei wir letztere in der Herberge verschenkten. Es zählt einfach jedes Gramm mehr oder weniger auf dem Rücken, das bekommen im Laufe des Tages irgendwann die Schultern zu spüren.
An einem Abend stand eine schmale kleine Frau neben mir vor dem Spiegel im Waschraum. Auf mein freundliches „Hello" antwortete sie mit einem gequälten Lächeln. Als sie ihr Shirt auszog, wusste ich wieso sie so schmerzverzerrt schaute. Auf ihren Schultern zeichneten sich große rote Flecken ab, sie waren zudem mit leuchtend blauem Tape gegen Muskelverspannungen verziert. Die wund-gescheuerten, überbelasteten Stellen waren deutlich zu sehen. Gequält holte sie eine große Tube Sportsalbe aus ihrem Kosmetikbeutel und schmierte sich ihre

schmerzenden Schultern ein. Mein Verdacht, dass diese Frau einige Last auf ihren Schultern trug bestätigte sich am nächsten Morgen. Als sie vor uns die Herberge verließ, sah man sie kaum hinter ihrem großen Rucksack. Vielleicht war es der schwere sichtbare Rucksack auf ihrem Rücken der ihre Schultern wundscheuerten. Vielleicht war es aber auch der emotionale Rucksack der die Schmerzen verursachte.
So trägt wohl jeder von uns seinen Rucksack. Sei es auf materieller oder emotionaler Ebene. Mit dem Unterschied, dass nicht alles davon für andere Menschen sichtbar ist. Doch hängt dabei der materielle auch irgendwie mit dem emotionalen Ballast zusammen. Trenne ich mich von ungeliebten Gegenständen, lasse ich auch die damit verbundenen Emotionen ein Stück oder sogar ganz los. Das Geschenk der Tante die ich noch nie leiden konnte, die hässliche Blumenvase von der verstorbenen geliebten Oma, der Liebesbrief des Ex- Freundes der einen sitzen gelassen hat, die schicke enge Jeans in die ich vor zehn Jahren noch super hineinpasste, die abgestorbene Zimmerpflanze die mich täglich daran erinnert dass ich sie vernachlässigt habe. Warum trenne ich mich nicht einfach von diesem materiellen und emotionalen Ballast?

Es bringt die Oma und den Ex- Freund nicht zurück, macht die unsympathische Tante nicht netter, die Jeans nicht größer und die Zimmerpflanze nicht wieder lebendig. Was fällt uns allen nur so schwer daran, diese Dinge einfach loszulassen? Wenn ich doch das Nachthemd und das Blasenpflaster nicht brauche, lasse ich es einfach in der Herberge zurück, damit ich es nicht weiterhin tragen muss und meine Schultern zusätzlich belastet. Klar, trägt wohl niemand seinen kompletten Hausstand dauerhaft mit sich herum, aber die Last ist doch dieselbe, nur in einem anderen Maßstab. Die Erinnerungen an den Ex- Freund bleiben trotzdem und die geliebte Oma trage ich im Herzen. Über die Jeans freut sich vielleicht noch jemand anderes und ich habe nur noch Jeans im Schrank, die mir gut passen und somit auch kein schlechtes Gefühl vermitteln. Das Geschenk der ungeliebten Tante kann ich vielleicht beim nächsten Schrott- Wichteln noch unter die Leute bringen und die verstorbene Zimmerpflanze wird auf dem Komposthaufen zum nahrhaften Dünger für andere Pflanzen. Den emotionalen Ballast den ich dabei loslasse ist nicht zu unterschätzen. So werde ich nicht mehr ständig durch den Anblick mancher Dinge von negativen Gefühlen heimgesucht. Wäre es nicht sinnvoller sich nur mit Dingen zu umgeben die mir gut tun? Ein Bild der geliebten Familie in einem Bereich aufstellen auf den ich mehrmals täglich schaue, den geerbten hübschen Ring der Oma häufiger tragen, den Kleiderschrank auf Lieblingsklamotten reduzieren, frische Blumen aus dem Garten auf den Tisch stellen, etwas das ich selbst erschaffen habe wie ein Bild oder etwas Gebasteltes einen Ehrenplatz auf der Kommode zuteilen, daneben das Mitbringsel aus dem letzten Urlaub. Einfach ausgesuchte Lieblingsstücke, die mir Freude bereiten und ein gutes Gefühl hinterlassen. Was würde mit meinem emotionalen Rucksack passieren, wenn ich den materiellen Rucksack gründlich ausmiste und auf liebgewonnene Dinge reduziere? Ein Rucksack, der mit positiven Dingen und Gefühlen gefüllt ist, trägt sich um einiges leichter und mit mehr Freude. Natürlich gilt das nicht nur für Dinge, sondern auch für Freizeitaktivitäten und Freundschaften. Warum sage ich die Verabredung mit der nervigen Nachbarin nicht einfach ab? Warum gehe ich immer noch zum Elternkaffee, wenn mich die Themen dort eh nicht interessieren? Warum kündige ich die Mitgliedschaft im Sportstudio nicht, obwohl ich nur noch draußen Sport treibe? Wie heißt dieser Schweinehund der mich ins Hosenbein zwickt und davon abhält, diese Verpflichtungen oder Verabredungen einfach abzusagen? Vielleicht ist es das schlechte Gewissen. Was könnten die anderen Leute dann über mich denken? Das Fitnessstudio wird sich

freuen, über ein Mitglied das fleißig zahlt und dem Studio dabei keine Arbeit macht in Form von Geräte- und Duschnutzung.
Aber bringt es beim Elternkaffee etwas, wenn ich gelangweilt daneben sitze? Vielleicht würde die beste Freundin sich sehr über einen Besuch in dieser Zeit von mir freuen. Oder ich nutze die Zeit um Sport zu machen, ein Buch zu lesen oder zu meditieren. Bevor ich die Zeit mit der nervigen Nachbarin verbringe, könnte ich meine Eltern mal wieder besuchen. Wäre die Zeit dann nicht sinnvoller genutzt? Genutzt in dem Sinne, dass ich sie mit Menschen verbringe, die mir wirklich wichtig sind. Oder ich nutze die gewonnene Zeit für das eigene Wohlbefinden und meine Gesundheit.

Digitaler Minimalismus

In der heutigen Zeit ist es einfach, seinen physischen Besitz zu reduzieren, dank Internet, PC, USB- Stick und externer Festplatte. Während unserer großen Ausmistaktionen kamen wir irgendwann beim Papierkram und Fotos an. Im Wohnzimmer unter unserem großen Flachbildfernseher stand eine schwere antike Eichenkommode aus Familienbesitz. Diese hatte zwei kleine und drei große Schubladen und war das gemütliche Zuhause eines Holzwurms. Alle Schubladen der Kommode waren bis obenhin mit Fotoalben und CDs gefüllt und wir bekamen sie nur mit viel Kraft und Mühe aufgezogen. Da wir Musik nur noch über unser Internetradio hörten und der einzige CD Player in der Wohnung sich im Kinderzimmer befand, waren die CDs mehr als überflüssig für uns. Meine erste Bravo- Hits CD die ich mir von meinem hart ersparten Taschengeld gekauft hatte, lag mehr als 20 Jahre unbenutzt in den Tiefen dieser Schubladen. Auch so andere alte Schätzchen, für die ich mich heute eher schäme, als dass ich sie noch mal irgendwann hören würde. Ein Versuch diese CDs aus der Musik- Mottenkiste einzeln online zu verkaufen, scheiterte wie zu erwarten kläglich. Da wegwerfen für uns, außer bei wirklich kaputten Dingen, nie in Frage kommt, versuchten wir sie als

komplettes Paket zu verkaufen. Der Verkaufserlös stand allerdings in keinem Verhältnis zu der Zeit, die wir für den Verkauf aufwenden mussten. Alle Cover nachsehen ob die jeweils richtige CD vorhanden war, nach Kratzern schauen und gegebenfalls prüfen ob sie noch funktionierten, sämtliche Alben auflisten, eine Artikelbeschreibung schreiben und den Artikel einstellen, erst auf das Auktionsende und dann auf das Geld warten und zu guter Letzt das Paket zur Post bringen. Der ganze Aufwand für schlappe 6,50€. Hätten wir heute noch CDs zum aussortieren, würde ich sie einfach im Bermuda Dreieck verschenken oder an das Sozialkaufhaus spenden. Einige Liebhaber dürfte es auch für meine erste Bravo- Hits CD geben.
Ein paar wenige Bücher die wir besaßen aber nie lasen, versuchte ich noch zu Geld zu machen. Bei einigen Exemplaren gelang das sogar ziemlich schnell über Kleinanzeigen, die restlichen landeten kurzerhand im Bücherregal bei uns in der Stadt. Dort kann Jeder einfach Bücher hineinstellen und auch herausnehmen, völlig kostenlos und unkompliziert. Eine tolle Sache, die mittlerweile in vielen Städten zu finden ist.
Die CDs und Bücher waren nun verkauft und verschenkt und die erste große Schublade in der schweren Eichenkommode leer. Doch was macht man mit unzähligen Fotoalben in die nie jemand reinschaut?

Einige werden jetzt aufschreien, dass man doch nicht einfach die alten Fotos wegwerfen kann. Muss auch niemand, der es nicht möchte. Wir wollten uns aber von dem alten verstaubten Ballast befreien. Erinnerungen trägt man schließlich im Herzen und die Fotos blieben uns weiterhin erhalten, wenn auch in anderer Form. So kam es, dass ich mehrere Sonntage damit verbrachte sämtliche Fotos aus vielen verschiedenen Alben abzufotografieren, zu bearbeiten und auf zwei USB-Sticks zu ziehen. In den alten Fotoalben hielt schlichtweg der Kleber nicht mehr und so fielen viele verblichene Fotos schon von alleine heraus. Wer noch wirklich alte Fotos besitzt der weiß, dass sie irgendwann so einen komischen rot braunen Stich bekommen. Gerade solche Fotos sind digital besser aufgehoben, da sie auf dem PC immer ihre Farbe behalten werden. Es war zeitlich wirklich aufwendig, denn die große Herausforderung beim aussortieren und abfotografieren war, nicht stundenlang in alten Erinnerungen zu schwelgen. Da wir aber gerade Winter hatten und kaltes ungemütliches Wetter, war auch dafür genug Zeit. Das Babyalbum unseres Sohnes haben wir als Original behalten. Die übrigen Fotos befinden sich nun fein säuberlich in Ordner unterteilt auf zwei USB- Sticks und in der Cloud. Unsere Digitalkamera verkauften wir zu dem Zeitpunkt ebenfalls, da wir sowieso nur noch Fotos mit dem Handy machen. Habe ich heute zu viele Fotos auf meinem Handy, ziehe ich die Bilder zwischendurch auf die beiden Sticks und spare so Speicherkapazität.

Nach etwa vier langen Sonntagen des Digitalisierens und Wegwerfens war die komplette Kommode leer. Ein dankbarer Abnehmer für das alte Stück fand sich schnell im Freundeskreis. Wieder einmal staunten wir nicht schlecht, wie viel Platz wir doch eigentlich in unserer immer zu klein geglaubten Wohnung hatten! Das Staubsaugen im Wohnzimmer wurde nicht nur einfacher, sondern wir stießen uns auch nicht mehr an der Kommodenecke die in den Raum ragte. Komischerweise schaue ich nun heute häufiger die alten Fotos an als früher in den Fotoalben. Am PC sitze ich sowieso fast täglich und da ich regelmäßig die neuen Fotos abspeichere, werfe ich automatisch einen Blick auf die alten Bilder.

Doch leider besteht Papierkram nicht nur aus Fotos. Obwohl wir heute in einer digitalisierten Welt leben, gibt es noch immer genug Rechnungen, Verträge und Steuerunterlagen in Papierform. In unserem Schrank standen acht große volle Ordner mit Papierkram. Jeder von uns hatte seinen eigenen, dann noch einen für die Wohnung, einen für den Haushalt, einen für Finanzierungen und einen für Versicherungen. Viele

Dinge davon waren schon lange überholt. Quittungen von technischen Geräten die schon längst dem Recyclingsystem zugeführt wurden, kamen ohne mit der Wimper zu zucken auf dem direkten Wege in die Papiertonne. Unterlagen, die wir vor zehn Jahren abgeheftet hatten und nie wieder in der Hand hatten, waren genauso unwichtig. Der erste Papierberg war irgendwann abgetragen und der zweite große Ordner leer. Im Internet findet man viele Seiten auf denen beschrieben wird, welche Unterlagen wie lange aufbewahrt werden müssen. Bei einigen braucht man kein Original, da reicht eine digitalisierte Kopie. So verbrachten wir einige Zeit mit Recherche, ob und wie lange wir bestimmte Dokumente aufheben müssen. Ein paar Stunden gingen dabei drauf, sämtliche Unterlagen einzuscannen, zu sortieren und auf die USB- Sticks und in der Cloud zu speichern. Der Papierkorb wurde immer voller und die ehemals vollgequetschten Ordner immer leerer. Selbst die Dokumente die wir heute noch als Original haben scannten wir ein. So haben wir im Falle eines Einbruchs oder Wohnungsbrandes trotzdem noch alle Dokumente und können sie zudem von überall auf der Welt abrufen. Von ehemals acht großen vollen Ordnern ist nur noch ein kleiner schmaler Ordner übrig geblieben. Viele Rechnungen und Dokumente können wir mittlerweile online anfordern oder ausfüllen.

Rechnungen die noch per Post kommen, fotografieren wir mit Hilfe einer App ab und speichern sie bis sie hinfällig sind. Eine digitale Ordnerstruktur muss natürlich auch gepflegt werden, aber wir finden es um einiges einfacher und übersichtlicher.

Festnetztelefon und Handy

Die Zahl der Mobilfunkanschlüsse wächst in Deutschland Jahr für Jahr stetig weiter. So waren es Ende 2019 rund 143 Millionen SIM- Karten von Mobilfunkverträgen und Prepaid- Anschlüssen.
Für die unvorsichtigen Handynutzer im Straßenverkehr die nur noch Augen für ihr Display haben gibt es mittlerweile einen eigenen Begriff, man nennt sie Smombies. Es wurden bereits in einigen Städten extra Bodenampeln für Handynutzer installiert. Im Straßenbelag blinken rote LED Lämpchen auf, um den auf sein Handy starrenden Smombie vor heranfahrenden Autos und Straßenbahnen zu schützen.
Das ist leider die traurige Realität! Seit das Smartphone Einzug in unsere Hosentasche und unser Leben gehalten hat, gibt es für viele Menschen kaum noch etwas Wichtigeres als ihr Handy. So haben wir im Café schon selbst beobachtet, wie eine Gruppe junger Menschen neben uns am Tisch saß und jeder von ihnen nur auf sein Handy starrte. Gespräche? Fehlanzeige!
Wofür verabreden diese Menschen sich eigentlich? Den Kaffee könnten sie auch alleine zu Hause trinken und dabei auf das Display starren bis der Akku leer ist. Naja, aber so bringen sie wenigstens noch etwas Umsatz für das Café. Trotzdem finde ich es persönlich sehr traurig

was dieses kleine technische Gerät mit uns und unserer Gesellschaft macht. Ein Handy ist schon praktisch, keine Frage. So kann ich schnell etwas nachlesen, ein Video schauen oder über eine App etwas verkaufen. Doch wenn wir als Familie Sonntags jeder für sich vor dem Handy verbringen, hört der Spaß auf. So haben wir irgendwann die „Medienfreien Sonntage" eingeführt. Morgens nach dem Aufstehen darf jeder einmal kurz auf sein Handy schauen, danach wird es für den Rest des Tages ausgeschaltet. Ebenso bleiben Laptop und Fernseher (den wir ohnehin nicht mehr besitzen) an diesen Sonntagen aus. Es ist wirklich unglaublich wie befreiend so ein Tag sein kann! Da wird uns immer wieder bewusst, wie viel Zeit wir doch sonst unbemerkt vor den Displays verstreichen lassen. Handys sind wirklich Zeitfresser. Ein Blick auf die Bildschirmzeit, die jeder auf seinem Handy einmal aktivieren sollte, kann schon ziemlich schockierend sein. Schaut doch mal auf eure Bildschirmzeit und versucht, das Handy einen Tag auszumachen. Ihr werdet überrascht sein, wie viel Zeit ihr plötzlich zur freien Verfügung habt!

An unseren Medienfreien Sonntagen machen wir oft Ausflüge, ein Picknick, Sport, genießen die Sonne im Garten, treffen uns mit Freunden, gehen etwas Leckeres essen oder kochen zusammen. Es ist wie ein kleiner Kurzurlaub, an dem wir nicht nur die Handys ausschalten, sondern auch Kopf und Geist wieder zur Ruhe kommen lassen! Doch unterhalb der Woche sind wir, wie wohl fast jeder, rund um die Uhr erreichbar. Eigentlich immer, ob beim Kochen, Putzen, Einkaufen, Freunde treffen, Shoppen, im Urlaub und bei der Arbeit. Früher hatte jeder Haushalt einen Festnetzanschluss, entweder man war zu Hause und erreichbar oder eben nicht. Das war manchmal nervig, aber die heutige ständige Erreichbarkeit kann es auch sein. Wir hatten bis vor einem Jahr noch einen Festnetzanschluss. Das schnurlose Telefon stand bei uns in der Küche auf dem kleinen Kühlschrank. Tagtäglich, 24 Stunden hielt es sich in der Ladestadion auf und wartete auf seinen Einsatz. Doch meist vergeblich. Kam es einmal in zwei Wochen zum Einsatz, war das schon Stress für unseren Festnetzanschluss. Woche für Woche staubte ich es ab und dabei hüllte es uns tagein tagaus fröhlich in seine Strahlen ein. Manche Festnetztelefone sind wahre Strahlungskünstler. Sehen können wir sie leider nicht und was der Mensch nicht sehen kann, existiert meist nicht für ihn. Doch wer sich einmal mit dem Thema Strahlen, ob nun vom Telefon, Erdstrahlen oder auch mit Wasseradern beschäftigt hat, der staubt nicht mehr gedankenlos das schnurlose Telefon ab. Abgesehen von der Strahlung zieht so ein Telefon Strom und der Anschluss ist auch nicht umsonst. Warum sollten wir freiwillig für etwas bezahlen was wir nicht nutzten? Da unser Telefon- und Internetvertrag kurz vor der Ablaufzeit stand, fiel uns der Abschied umso leichter. Das Telefon selbst verkauften wir noch zu einem guten Preis, da es sich um ein recht neues Modell handelte und kaum benutzt war. Mittlerweile ist unsere alte Festnetznummer tot, aber wir sind trotzdem noch für jeden erreichbar. So haben wir Geld gespart, Strom gespart, die Strahlung reduziert und ein technisches Gerät weniger, was kaputt gehen kann und dann ersetzt werden muss! Natürlich strahlt ein Handy genauso, keine Frage. Daher schalten wir über Nacht unser WLAN komplett aus, um die Strahlung in der Wohnung etwas zu reduzieren.

Das Handy ganz abschaffen ist für uns keine Option, aber auch ein Handy lässt sich ausmisten. Alte Telefonnummern mit denen ich seit Jahren keinen Kontakt mehr hatte, ungenutzte Apps, viel zu viele Fotos und Newsletter die täglich auf meinem Mailaccount im Handy erschienen. Gelöscht! Unglaublich wie übersichtlich ein Handy sein kann. Genauso wie sich nur noch Kleidung in meinem Schrank befindet die ich regelmäßig trage, so befinden sich auf meinem Handy nur noch Apps die ich regelmäßig benutze, Kontakte zu denen ich wirklich Kontakt habe und ein paar Fotos, die mir an einem trüben Tag ein

Lächeln ins Gesicht zaubern. Es sind noch neun Apps die ich installiert habe und fast täglich benutze, plus einige weitere vorinstallierte Apps die ich zwar nicht alle nutze, aber leider nicht löschen kann. Das Handy meines Mannes sieht genauso übersichtlich aus, das unseres Teenagers eher nicht. Jeder so wie er möchte und was er für nützlich oder unwichtig hält. Ein Handy bleibt schließlich immer noch eine private Sache und die sollte es auch bleiben.

Übrigens haben wir bisher unser Festnetztelefon noch keinen einzigen Tag vermisst. Es kamen lediglich ein paar Anfragen von Bekannten, ob unsere Nummer nicht mehr funktioniert, aber das lässt sich zum Glück schnell erklären.

Das Bett ist weg!

Je mehr ich auf verschiedenen Blogs über Minimalismus las, desto tiefer tauchten wir gemeinsam in das ganze Thema ein. Wir hatten die letzten drei Jahre ausgemistet was das Zeug hält, etwa 60 - 70% unseres Besitzes verkauft, verschenkt und gespendet. Die Wohnung war schon sehr luftig und optisch viel größer geworden. Es gab nur einen Raum, in dem es immer noch eng war und den wir außer zum Schlafen nie benutzten. In unserem Schlafzimmer stand ein riesengroßer Kleiderschrank, links und rechts vom Bett jeweils ein Nachttischchen, daneben ein Stuhl und mittendrin unser großes Doppelbett. Unter dem Bett befanden sich vier Schubladen, die aber nach der ganzen Ausmisterei leer waren. Die beiden Stühle nahmen viel Platz weg und dienten lediglich dazu, abends die getragene Kleidung dort abzulegen. Zum Sitzen wurden sie kein einziges Mal benutzt. Das Stuhlproblem lösten wir ganz einfach und viel aufgeräumter, indem wir ein leeres Fach im Kleiderschrank nutzten und die Kleidung einfach abends da hinein legten. Somit waren die Stühle mit einem Schlag überflüssig, wurden direkt bei Kleinanzeigen eingestellt und nahmen uns keinen so heiß begehrten Platz mehr weg. Zu dieser Zeit las auch mein Mann viel über das Thema Minimalismus.

An einem Wochenende stand er im Schlafzimmer vor unserem Bett und sagte: „Ein Bett brauchen wir gar nicht.“ Schon klar, wir schlafen dann wie die Affen auf Bäumen! Wo sollten wir schlafen ohne Bett? Das Ecksofa kam auf keinen Fall in Frage, zu unbequem und klein. Jeder Mensch braucht ein Bett! „Wir kaufen einen Futon und dann rollen wir ihn tagsüber zusammen und stellen ihn in die Ecke.“ Na super Idee, jetzt dreht er durch dachte ich. Mein Lachen über seinen wie ich fand schlechten Witz, ließ mir erst mal meine Ruhe vor dem Thema. Allerdings dauerte die nicht lange an, denn er kramte das Thema immer wieder hervor und versuchte es mir schmackhaft zu machen unser Bett zu verkaufen. Nach mehreren Gesprächen und teilweise guten Argumenten meines Mannes fand ich die Idee plötzlich doch interessant und las über Menschen, die tatsächlich auf dem Boden schlafen. In Japan ist es völlig normal es sich abends auf dem Boden gemütlich zu machen. Dafür gibt es oft ein extra Zimmer das mit Tatami Matten (Reisstrohmatten) ausgelegt ist. Darüber wird dann ein dünnes Futon zum schlafen ausgebreitet. Bei uns Europäern schlafen die Bodenschläfer, darunter auch viele Minimalisten, entweder auf einem Futon, auf Kapokmatten, auf einer Yogamatte oder auf übereinander geschichteten Decken. Bei den Berichten die ich las gab es durchweg nur positive Meinungen und

Erfahrungen dazu. Viele schrieben sie wären dadurch ihre Nackenverspannungen und Rückenschmerzen losgeworden. Die Aussicht morgens ohne Nackenschmerzen aufzuwachen fand ich dann doch nicht so schlecht. Dabei hatte ich mir zwei Jahre zuvor eine neue, extra weiche Matratze gekauft, dazu ein Gesundheitskissen damit der Kopf bloß nicht abgeknickt liegt. Trotzdem stand ich jeden Morgen total verspannt auf, sowohl im Nacken als auch im Rücken. Wir hatten in den letzten drei Jahren Geschmack daran gefunden uns kleine Challenges auszudenken. Sei es, vier Wochen kein Plastik zu kaufen, in der Fastenzeit keinen Zucker zu essen oder Kleidung Second Hand zu kaufen. Also ließ ich mich irgendwann von meinem Mann zu einer neuen Challenge überreden. „Zwei Wochen lang auf dem Boden zu schlafen“ hieß die neue Herausforderung. Zur Probe natürlich. Einen Futon wollten wir uns nicht extra dafür kaufen, sonst wäre er vielleicht nach den zwei Wochen schon wieder überflüssig gewesen. Wir schichteten einfach mehrere Decken übereinander, zwei Sofadecken und eine Winterdecke, legten sie auf dem Boden im Wohnzimmer aus und deckten ein großes Laken darüber. Nachdem unsere Kissen und Bettdecken darauf platziert waren, sah das Ganze wider erwarten sogar ziemlich gemütlich aus. Doch der Schein trügte, es war so wie man es sich vorstellt, nämlich bretthart. Die erste Nacht habe ich gefühlt nur fünf Minuten die Augen zugemacht. Immer wieder wälzte ich mich hin und her auf der Suche nach einer bequemen Schlafposition, jedoch vergeblich. Der Boden blieb hart, meine Hüftknochen taten vom seitlichen Liegen weh und mein Rücken wusste so gar nichts mit der neuen Situation anzufangen. Auf dem Rücken liegend schwebte mein Hohlkreuz in der Luft und auf dem Bauch konnte ich meinen Kopf kaum zur Seite drehen um ihn abzulegen. „Netter Versuch, aber das scheint wohl nichts für mich zu sein“ war mein erster Gedanke, nachdem ich mich wie eine 95 Jährige Omi vom Boden ins Badezimmer gequält hatte. Zum Glück erging es meinem Mann genauso. Unser kuscheliges Bett im Schlafzimmer rief mich tagsüber leise, ich solle es doch endlich wieder benutzen. Bei all den Berichten über das auf dem Boden schlafen stand jedoch oft dabei, dass es ein, zwei oder auch mehrere Wochen dauern kann bis man sich daran gewöhnt hat. Na prima. Aufgeben kam für uns nicht in Frage, wir wollten wissen ob es wirklich irgendwann noch gemütlich wird. Die nächsten drei Nächte waren wie erwartet genauso wie die erste Nacht, hart, unbequem und ungemütlich. Die große Überraschung für mich folgte an Tag vier, als ich morgens vollkommen erholt und das erste Mal seit

Jahren ohne Nackenverspannungen aufstand. Meinem Mann ging es an Tag vier ähnlich, auch er fühlte sich sehr frisch und ausgeschlafen. Die nächsten Nächte wurden immer bequemer, meine Knochen gewöhnten sich an die harte Unterlage. Unsere Muskeln und Bänder dehnten sich nachts automatisch, da wir uns deutlich mehr im Schlaf bewegten. Nach einer Woche konnte ich meinen Kopf in Bauchlage ohne Schmerzen zur Seite drehen. Nun schlief ich wie früher als Kind auch, wieder häufig und gerne auf dem Bauch. Zwei Wochen später war es tatsächlich so, dass wir uns abends auf unser Schlaflager freuten. „Dann kann das Bett jetzt weg", grinste mein Mann mich an. Dass es zehn Minuten später bei Kleinanzeigen zum Verkauf stand, damit hatte er wohl nicht gerechnet. Möbel aus dem schwedischen Möbelhaus lassen sich gut verkaufen, das wusste ich. Es war drei Tage vor Weihnachten und der Preis den ich für das Bett veranschlagt hatte erschien mir etwas zu hoch, dennoch kam nach einer halben Stunde die erste Anfrage eines Kaufinteressenten. Wir halfen dem wirklich sympathischen Käufer beim Abbau und einladen des Bettes und er nahm sogar unsere Matratzen mit. Als der Käufer weg war, standen wir mit gemischten Gefühlen mitten im leeren Schlafzimmer und schauten uns sprachlos an. Bis auf den großen Schrank war es jetzt leer. Nur die Wollmäuse sammelten sich und tanzten im Raum, als würden sie sich freuen endlich Platz zu haben. In unserem Schlafzimmer hallte es nun wie in einer verlassenen Fabrikhalle. „Jetzt haben wir kein Bett mehr", lachte mein Mann und ich wusste in diesem Moment nicht, ob ich mitlachen oder heulen sollte. Manchmal verteufele ich unsere Spontanität! Doch wie heißt es so schön: Wer nichts wagt, der nichts gewinnt! Nachdem das Schlafzimmer gesaugt und gewischt war, bauten wir wie die letzten zwei Wochen zuvor unser Schlaflager im Wohnzimmer auf. Zwar bot das Schlafzimmer nun genug Platz, trotzdem fanden wir es im Wohnzimmer gemütlicher. Das Bett war weg und es musste eine Lösung her, da wir nicht dauerhaft auf Decken schlafen wollten. Ich erkundigte mich in sämtlichen Foren wie es andere Bodenschläfer handhaben, stieß dabei auf Yogamatten, thailändische Rollmatten aus Kapok, Tatamis und Futons. Auf einer Yogamatte zu schlafen fand ich persönlich zu kalt, zu hart und die veganen Matten sind dazu nicht atmungsaktiv. Wir entschieden uns für die thailändischen Rollmatten, die es in verschiedenen Größen, Farben und für einen übersichtlichen Preis gibt. Der Bezug ist aus bunter Baumwolle und die Füllung aus Kapok. Kapok ist eine Naturfaser, die aus den Früchten des wildwachsenden Kapokbaumes gewonnen wird. Die

Faser hat ähnliche Eigenschaften wie Baumwolle, da sie aber nicht in Plantagen angebaut wird sondern wild wächst, ist sie Pestizid- und Düngemittelfrei.
Eine Woche nach der Bestellung wurden unsere ersehnten Kapokmatten geliefert und direkt ausprobiert. Nach drei Wochen schlafen auf dem Deckenlager fühlten sich die Matten an wie ein Himmelbett! Obwohl sie eigentlich sehr hart sind und sich mit der Zeit weiter verfestigen. Die erste Nacht war ungewohnt, aber wir schliefen gut und standen entspannt früh morgens auf. Nach dem Aufstehen breiteten wir die Bettdecken zum auslüften eine Zeit auf dem Sofa aus, danach verschwanden sie tagsüber im Aufbewahrungskasten unter dem Sofa. Die beiden Kapokmatten wurden aufgerollt und passten nach etwas umräumen erstaunlicherweise in ein großes Fach im Kleiderschrank. So blieb unser Bett tagsüber auch für Besucher unsichtbar. Nach einer Woche war es für uns völlig normal geworden, abends das Schlaflager auszurollen und morgens wieder zu verstauen. Irgendwann kam der erste Besuch nach dem Verkauf unseres Bettes. In unserer Wohnung stehen grundsätzlich alle Türen offen, ausgenommen die Badezimmertür wenn jemand dort etwas wichtiges zu erledigen hat. So sah unser Besuch beim Betreten der Wohnung durch die offen stehende Schlafzimmertür,

dass in dem Raum etwas Grundlegendes fehlte. „Wo ist denn euer Bett?!“ stellten so einige die Frage mit weit aufgerissenen Augen in denen man erkennen konnte, dass sie langsam anfingen an unserem Verstand zu zweifeln. Unsere Antwort sagte eigentlich alles, was wir auf die Frage antworten konnten und fiel so manchem Besucher zu kurz aus: „Weg!“ „Aber wo schlaft ihr denn? Man braucht doch ein Bett!“ Unsere Antwort und das darauffolgende zeigen der Kapokmatten im Kleiderschrank stellte die wenigsten direkt zufrieden. In dieser Zeit musste ich jedes Mal die Kapokmatten ausrollen, damit der Besuch darauf Probeliegen konnte. Also ich kann mich beim besten Willen nicht daran erinnern, schon mal im Bett eines Gastgebers gelegen zu haben... Aber was tut man nicht alles. Leider brachte das Probeliegen des neugierigen Besuches nicht den gewünschten Effekt. Danach fing die Fragerei und Diskussionsrunde meist erst richtig an. Das ist doch viel zu hart, wo legt ihr abends die Matten hin, ist das gesund für den Rücken, habt ihr noch Bettdecken und Kopfkissen, steht das alte Bett im Keller...? Was wir zum Schlafen anziehen oder ob wir schnarchen, fragte zum Glück niemand. Es wollte einfach nicht in den Köpfen ankommen dass wir kein Bett brauchten. Jeder Mensch hat ein Bett. So wie jeder einen Fernseher hat. Sobald wir anfingen etwas von der Normalität abzuweichen,

fingen Fragestunden und Diskussionsrunden an. Ist es denn nicht schlicht und einfach unsere Entscheidung wie wir leben?
Leben und leben lassen. Gilt anscheinend nicht für Minimalisten. Zumindest nicht aus der Sicht des Ottonormalverbrauchers. Wir ließen uns weiterhin nicht beirren, schließlich ist es unser gesunder Schlaf, der uns morgens fit und entspannt aus dem Bett springen lässt.
Ein Jahr lang schliefen wir auf unseren Kapokmatten immer sehr gut. Doch es kam der Tag an dem wir es leid wurden, jeden Abend unser Bett aufzubauen und morgens wieder abzubauen. Unser Hund verliert gerade im Frühjahr und Herbst aufgrund des Fellwechsels viele Haare und so musste ich abends jedes Mal erst das Wohnzimmer saugen, bevor wir unser Schlaflager aufbauten. Das wurde uns irgendwann einfach zu lästig, schließlich waren wir dabei unser Leben zu vereinfachen und nicht komplizierter zu machen. Die Matten wollten wir auf jeden Fall irgendwie beibehalten, nur in anderer Form und auf andere Weise. Mein Mann als gelernter Holzwurm stöberte im Internet nach der ultimativen Lösung zum selber bauen. Es gibt bereits fertige Futonsofas, die sich umklappen und als Bett nutzen lassen. Das war meinem Göttergatten allerdings zu einfach, er wollte selbst ein Bett für uns bauen. Einige Ideen schwirrten durch unsere kreativen Köpfe und der

Baumarkt wurde unser neues Ausflugziel Nummer eins. Wir wollten keine neuen Pressspanmöbel mit Kunststoffbeschichtung mehr in unsere Wohnung lassen. Deshalb entschieden wir uns für unbehandeltes Fichtenholz. Nach einem harten Tag Arbeit, viel sägen, messen und aufbauen, stand unser neues Bett- Sofa. Es ist 160cm breit und 200cm lang und hat unter dem Lattenrost Stauraum zu denen wir durch zwei Klappen Zugriff haben. Ein kleiner Tisch lässt sich seitlich herausdrehen, um darauf eine Tasse Tee oder ein Buch abzulegen. Für das Polster oder besser gesagt die Matratze entschieden wir uns für einen Futon. Es ist genauso groß wie das Bett, besteht aus acht Lagen Baumwollvlies und hat einen dunkelgrauen Baumwollbezug. Im online Futonshop fanden wir sogar passend dazu drei dicke Rückenkissen. Das Bettzeug verschwindet tagsüber hinter den Stauraumklappen und ist abends schnell zur Hand. Tagsüber haben wir jetzt ein großes Sofa, auf dem wir es uns auch zu dritt gemütlich machen können und abends wird es schnell zum Bett umfunktioniert. Bettlaken drauf, Decken und Kopfkissen herausgeholt und fertig. So haben wir zwar nicht mehr das Boden- Schlaf- Gefühl, aber weniger Arbeit und liegen weiterhin schön hart. Das ehemalige Schlafzimmer wird nun gut und gerne genutzt. Es hat sich zu einem Allzweckraum entwickelt in dem wir uns oft aufhalten. Er bietet uns den Platz den wir vor ein paar Jahren noch sehr vermisst haben. Auf der einen Seite steht unser Allzweckschrank, der neben Kleidung auch die Wäschetonne, Taschen und Rucksäcke, Schlafsäcke, Staubsauger, Hundefutter, Werkzeug, Laptop und unseren Ordner beherbergt. Nachdem der Schrank nur noch halbvoll war, wurde er kurzerhand von uns halbiert. Das brachte noch mal richtig viel extra Platz in den Raum. Auf der anderen Seite vom Schrank habe ich mir eine kleine Yoga und Meditationsecke eingerichtet, direkt vor dem Fenster ist es ein sehr schöner Ort zum entspannen. Bei Kleinanzeigen fanden wir ein altes Schülerpult aus den 50er Jahren das uns nun als Schreibtisch dient. Für einen Laptop bietet es genug Platz und ist durch seine Gebrauchsspuren auf dem massiven Buchenholz ein tolles Möbelstück mit Charme. Davor steht ein alter Kantinenstuhl aus schwarzem Schichtholz mit Chromgestell. „Wenn schon Vintage, dann auch echt Vintage“ ist unser Motto. Zwei große Grünpflanzen machen den Raum sehr gemütlich und lebendig. Ein Raum zum arbeiten, aber auch zum wohlfühlen, entspannen und meditieren. So kommt es manchmal vor, dass wir einfach zwischendurch dort auf dem Boden sitzen, quatschen, turnen oder mit dem Hund spielen und kuscheln. Er ist jetzt ein Raum zum Entspannen und Leben für uns geworden.

Made in Bangladesch

Letztens ging ich die vormittags Runde mit unserem Hund, auf dem Rücken ein Rucksack gefüllt mit einer kleinen Tüte Altkleider. Darin befanden sich eine kaputte Jeans und ein löchriger Pullover. Das ist ja nicht viel, denken nun bestimmt einige. Doch diese Sachen hatte ich knapp zwei Jahre fast täglich getragen. Bei nur wenigen Kleidungsstücken im Schrank verstecken sich keine ungeliebten Schrankleichen, die nur hin und wieder angezogen werden und dann kaum getragen den Weg in den Müll finden. Was oft getragen wird, geht auch schneller kaputt, das ist leider so.

Früher haben wir zweimal im Jahr unseren Kleiderschrank ausgemistet. Kleidung die kaputt oder verwaschen war wurde aussortiert, aber auch einige Stücke die noch tragbar oder sogar neuwertig waren. Die klassischen Fehlkäufe kennt wohl jeder. Im Laden sehen sie toll aus und ich möchte unbedingt mal etwas anderes, vielleicht etwas extravagantes oder extrem stylisches in meinem Kleiderschrank haben. Zuhause wird die neueste Errungenschaft in den Schrank gehangen, eventuell schon etwas frustriert, da der liebe Ehemann so gar nichts an dem extravaganten Kleidungstück finden kann was er auch nur annähernd toll findet.

Da hängt es nun, das extravagante Kleid oder die stylische Bluse und wartet auf einen besonderen Moment um angezogen zu werden. Irgendwann kam die passende Einladung dafür bei uns ins Haus geflattert. Die Chance das tolle Kleidungsstück endlich mal auszuführen war nun da. Abends vor dem Spiegel probierte ich dann verschiedene Outfits an, darunter auch die Kleidung, die immer geduldig auf den besonderen Anlass gewartet hatte. Ach, irgendwie finde ich es doch zu schick, zu auffällig, zu weit geschnitten, zu eng oder es passt nicht zur Hose. Ausreden gab es wohl genug, mich dann doch lieber in Klamotten zu stecken die vielleicht nicht so schick und extravagant waren, in denen ich mich aber wohl fühlte und ich ganz ich selbst war. So fristeten diese Fehlkäufe manchmal sogar Jahre ihr Dasein im Kleiderschrank, bis sie in einer der jährlichen Ausmistaktionen im Altkleidersack landeten. Da schmiss ich ohne mit der Wimper zu zucken neue Kleidung in den Müll!

Altkleider spenden hört sich immer so toll an, damit helfe ich schließlich bedürftigen Menschen. Doch die genauen Zahlen sprechen eine andere Sprache. Rund eine Million Tonnen Altkleider werden jährlich in die Container geworfen. Nur weniger als die Hälfte landen davon wirklich bei bedürftigen Menschen. Der Handel mit Altkleidern ist zu einem Millionengeschäft geworden, in denen leider auch viele unseriöse Firmen mitmischen. Diese Firmen helfen keinen bedürftigen Menschen, sondern verkaufen die Altkleider gewinnbringend an andere Firmen weiter. Doch auch seriöse caritative Einrichtungen kommen gegen die Flut an Altkleidern kaum noch an. So wird nur ein winziger Bruchteil der gut erhaltenen Kleidung an Secondhand-Läden in Deutschland und Westeuropa verkauft. Ins Ausland, etwa nach Osteuropa, nach Mittelasien und hauptsächlich nach Afrika, werden etwas weniger als die Hälfte weiterverkauft. Dort landet gut erhaltene Kleidung auf den örtlichen Märkten und wird den Einheimischen günstig zum Kauf angeboten. Was sich eigentlich gut anhört, kann aber unter Umständen die lokale Textilindustrie dort zerstören und schadet somit den Menschen eher, als dass es ihnen hilft. Ein einheimisches Produkt kommt gegen die günstigen Preise der Kleiderspenden einfach nicht an. Die Menschen greifen dann lieber zu den viel günstigeren Secondhand- Kleidungsstücken was zur Folge hat, dass kleine lokale Textilbetriebe in den Ruin getrieben werden.

Altkleider die nicht mehr zu gebrauchen sind müssen laut Kreislaufwirtschaftsgesetz recycelt werden. So wird ein Teil dieser Kleidung noch zu Putzlappen, Recyclingstoffen, Baudämmstoffen oder zu neuem Garn verarbeitet. Die etwa 10% Altkleider die auch für das Recyclingsystem nicht mehr nutzbar sind, dürfen auf den Müll oder zur Wärmegewinnung verbrannt werden. Altkleidercontainer sind was den Umweltschutz angeht eine gute Sache. Denn so wird aus dem unbrauchbaren T-Shirt wenigstens noch ein Putzlappen. Das ist allemal besser, als diesen Rohstoff ungenutzt auf dem Müll landen zu lassen oder zu verbrennen.

Wenn du gute, brauchbare Kleidung wirklich an Bedürftige spenden möchtest, ist der Container nicht die erste Wahl. In fast jeder Stadt gibt es Kleiderkammern und Sozialkaufhäuser, die sich über gut erhaltene Kleidung als Spende freuen und es wirklich an die Menschen weitergeben, die auf Hilfe angewiesen sind. Auch über Kleinanzeigen kann man Artikel zum Verschenken einstellen oder wie wäre es mit einem Besuch einer Tauschbörse oder einer eigenen Kleidertauschparty? Vielleicht hast du eventuell einen Secondhand- Laden in der Nähe? Einen freudigen Abnehmer für deine gut erhaltene Kleidung findest du mit Sicherheit. Sollte doch kein Weg am Altkleidercontainer vorbei führen, dann spende an die Container deiner örtlichen caritativen Einrichtungen. So landet deine gut erhaltene Kleidung wirklich bei bedürftigen Menschen.

Unsere gebrauchte Kleidung landete damals grundsätzlich im Container mit dem guten Gefühl, etwas Sinnvolles vollbracht zu haben. So endete das extravagante Kleid im schlechtesten Fall wohl in der Müllverbrennungsanlage. Schade drum.
Heute spende ich gut erhaltene Kleidung an das Sozialkaufhaus, wirklich kaputte Sachen landen zum Recycling im Container und aus alten T-Shirts schneide ich kleine Putzlappen. Ein paar dieser Putzlappen habe ich meistens im Auto liegen, wenn ich zur Waschanlage fahre kann ich damit noch nachputzen und entsorge sie danach im Restmüll. Zum Fahrradputzen oder für dreckige Hundepfoten werden sie auch gerne bei uns genutzt. Die Entsorgung von Kleidung ist die eine, die Herkunft eine andere Geschichte. So kauften wir früher einfach Kleidung die uns gefiel, die meistens im Angebot oder ohnehin schon spottbillig war. Markenlogos mussten natürlich trotzdem drauf stehen, denn nur Markenkleidung ist gute Kleidung. Doch ist das wirklich so?
In den letzten Jahren in denen wir uns mit dem Minimalismus beschäftigten, fingen wir immer wieder an zu hinterfragen. Dinge, über die wir uns früher nie Gedanken machten, wurden plötzlich in Frage gestellt. Wo kommt unsere Kleidung eigentlich her? Wer hat sie hergestellt? Unter welchen Arbeitsbedingungen? Wer

verdient eigentlich daran? Unsere nachfolgenden Recherchen brachten leider nicht das Ergebnis, welches wir uns erhofft hatten. Die Dokumentationen und Berichte schockierten uns, die zeigten unter welchen Bedingungen die Näherinnen unsere Kleidung herstellten, die wir teilweise ungetragen und achtlos in den Müll warfen.
Fast- Fashion- Hersteller, aber auch bekannte Markenhersteller lassen ihre Kleidung in Ländern wie Bangladesch, Sri Lanka, Pakistan, Indonesien, Kambodscha, Indien oder China herstellen. Die Arbeiter dort haben kaum Rechte, arbeiten ohne Sicherheits- und Umweltauflagen und das zu Dumpinglöhnen von denen sie kaum überleben können. Deshalb machen viele dieser Arbeiter Überstunden. Sie arbeiten bis zu 16 Stunden am Tag und das an sieben Tagen die Woche um einigermaßen über die Runden zu kommen und die Familie ausreichend ernähren zu können. Bei einem T-Shirt für 3,50€ kann sich vermutlich jeder vorstellen, dass der Lohn für die Näherin eher mager ausfällt. Die Näherin bekommt lächerliche 1% des Endpreises, teilweise noch weniger. Bei nahezu 60% liegt die Gewinnmarge des Verkäufers. Das erklärt auch, warum Kleidung im Schlussverkauf so stark reduziert angeboten werden kann. Der Händler verdient dann zwar nicht mehr viel an dem reduzierten Kleidungs-

stück, doch immerhin noch ein bisschen. Ein T-Shirt mit Markenlogo für 30€ erweckt vielleicht den Anschein, dass die Näherinnen unter menschenwürdigeren Arbeitsbedingungen nähen und besser bezahlt werden. Doch der teurere Verkaufspreis ist kein Garant für die Einhaltung höherer sozialer Standards und besserer Bezahlung bei der Produktion. So setzt sich der hohe Verkaufspreis oft aus Marketingausgaben und Werbungskosten der Markenhersteller zusammen. Markenkleidung heißt nicht automatisch, dass fairer und umweltschonender produziert wurde.

Doch nicht nur die Menschen leiden unter den Arbeitsbedingungen, auch die Umwelt nimmt extremen Schaden durch die Textilherstellung.

Aus Asien kommt rund 90% unserer Kleidung. Das hat zur Folge, dass über die Hälfte der chinesischen Seen und Flüsse verschmutzt sind, da sich zwei Drittel der ansässigen Textilindustrien nicht an die Umweltstandards halten was die Ableitung der Giftstoffe angeht. So werden Färbemittel und Bleichmittel ungeklärt in Flüsse abgeleitet. Im Wasser angekommen, reichern sich die oft extrem resistenten Gifte im Trinkwasser, Pflanzen und Tieren an. In einigen Regionen haben die Menschen Schwierigkeiten an sauberes Trinkwasser zu gelangen, weil die

Textilindustrie sämtliche Wasserentnahmequellen verseucht hat.
Ein weiterer Großteil der Umweltverschmutzung ist der Lederherstellung zuzuschreiben. Leder besteht aus Tierhaut und wird erst durch das Gerben haltbar und geschmeidig. Leider gelten außerhalb der EU in vielen Gerbereien weder Sozial- noch Umweltstandards. So stehen sogar minderjährige Kinder mit nackten Füßen knöchelhoch in der giftigen Chromlauge, die für die Gerbung eingesetzt wird. Dabei atmen sie die giftigen Dämpfe ein, was früher oder später zu schweren Atemwegserkrankungen führt. So sagte in einer Reportage ein minderjähriger Junge aus einer Gerberei in Indien, dass die Arbeiter dort alle nicht älter als dreißig Jahre werden, da sie tagtäglich mit den Chemikalien in Kontakt kommen. Schutzkleidung? Fehlanzeige! Auch die umliegende Bevölkerung ist durch die Gerbereien betroffen, da diese ihr Abwasser genau wie die Textilindustrie, ungefiltert in die Flüsse entsorgen und damit die Luft, das Grundwasser und den Boden verseuchen. Die schlammigen giftigen Abfälle der Gerbereien werden einfach zwischen den Hütten gesammelt. Die Menschen leiden dadurch unter Atemproblemen, Hautausschlägen, Durchfall und Fieber. Das Wasser wird nicht nur verschmutzt, es wird auch viel Wasser für die Herstellung von Leder verbraucht. So

werden für ein Kilogramm Leder 75 - 250 Liter Wasser benötigt. Günstige Angebote mit Ledergürteln oder Geldbörsen, die wir bei uns an jeder Ecke finden, stammen fast immer aus solchen menschenunwürdigen und umweltzerstörerischen Produktionen. Zudem ist Leder nach der Behandlung mit vielen giftigen Chemikalien von einem echten Naturprodukt weit entfernt. Allerdings ist nicht nur die Lederherstellung meist hochgiftig, auch wir als Verbraucher sind diesen Giftstoffen ausgesetzt. So wurden in vielen Lederartikeln wie Schuhen, Handschuhen oder Krabbelpuschen erhöhte ChromVI Werte nachgewiesen. Die Chemikalie kann Krebs verursachen und Allergien auslösen. Wer der Umwelt und seiner eigenen Gesundheit etwas Gutes tun möchte, der muss heutzutage nicht mehr auf Leder zurückgreifen. Es gibt zum Glück tier- und umweltfreundlichere Alternativen wie zum Beispiel synthetisch hergestelltes Leder, Kork oder Ananasleder.

Doch auch Alternativen zu der menschenunwürdig und umweltverschmutzenden hergestellten Kleidung findet man ebenso. Ein fair produziertes

T-Shirt ist schon für den Preis eines Markenshirts zu haben. So finden sich mittlerweile viele Hersteller, die Verantwortung für Umwelt und die Arbeiter übernehmen und dabei faire Löhne zahlen. Meistens

handelt es sich bei der Kleidung um Biobaumwolle oder andere Alternativen wie Hanf und Leinen.
Noch nachhaltiger als faire Kleidung zu kaufen ist es auf Secondhand- Mode zurück zu greifen. So wird nicht extra neue Kleidung produziert, das schont die Umwelt und spart Ressourcen. Wer einen Secondhand- Laden in der Nähe hat, der wird dort mit großer Wahrscheinlichkeit fündig werden. Oder wie wäre es mit einem Besuch auf der Tauschbörse oder einer Kleidertauschparty? Die kann jeder selbst zu Hause organisieren mit ein paar Freundinnen und Bekannten. Was der eine nicht mehr braucht, das gefällt dafür jemand anderem. Meine enge Jeans passt vielleicht der Freundin super, dafür nehme ich ihren Pullover, den sie wegen der Farbe nicht mehr so gerne mag. Eine Win-win- Situation von der beide Seiten etwas haben. Wer nicht die Möglichkeit einer Tauschparty hat oder etwas Spezielles sucht, der kann auf verschiedenen Plattformen im Internet tolle Schnäppchen machen. So habe ich für meine qualitativ hochwertige Winterjacke weniger als ein Drittel des offiziellen Verkaufspreises gezahlt. Klassischer Fehlkauf des Verkäufers, mein Glück!
In meinem Kleiderschrank hängen heute nur noch Jacken und Pullover aus zweiter Hand. T-Shirts und Langarmshirts kaufen wir in einem Online Shop der

ausschließlich fair produzierte Kleidung verkauft. Dort kostet mich ein schlichtes faires T-Shirt aus Biobaumwolle gerade mal 15€, das ist nicht mehr als ich früher für die Markenshirts im Schlussverkauf ausgegeben habe. Der Online- Shop versendet sogar komplett plastikfrei. Die Kleidung ist in Papier eingewickelt und lästige Preisetiketten sind gar nicht erst vorhanden. Haben wir früher zehn T-Shirts pro Saison gekauft, so ist es heute weniger als die Hälfte. Wir kaufen erst neue Kleidung, wenn etwas wirklich kaputt ist und ersetzt werden muss. Schrankleichen gibt es so keine mehr in unserem Kleiderschrank.

Im letzten Jahr hatten wir uns vorgenommen alles erst mal aufzutragen und nur etwas zu kaufen, wenn es wirklich sein muss. Überraschenderweise haben wir gar nicht jedes Teil was kaputt war wieder ersetzt. Manches wurde einfach nicht vermisst oder es waren noch genug andere Exemplare vorhanden. Früher lagen in meinem Schrank etwa zehn Pullover, heute sind es nur noch vier. Da wir im Besitz einer Waschmaschine sind die regelmäßig läuft, brauchen wir auch keine größere Anzahl an Kleidung. Wir haben nur eine kleine Waschtrommel, somit ist diese auch jedes Mal gut gefüllt. Natürlich kann man die Schmutzwäsche erst bergeweise stapeln bevor man sie wäscht, aber das war schon vorher nicht unser Waschrythmus. Wenn wir früher vier Wochen im Urlaub waren, musste ich trotz meiner zehn Pullovern und zwanzig T-Shirts zwischendurch waschen. Fahren wir heute zwei Wochen, werde ich auch einmal waschen müssen. Für manche Teile reicht auch eine kurze Wäsche mit der Hand, dafür brauchen wir nicht sofort einen Waschsalon aufsuchen. Ein weiterer netter Nebeneffekt von weniger Kleidung im Schrank ist die lange Überlegung und Planung die wegfällt, welche Sachen mit in den Urlaub dürfen. Die Auswahl fällt leicht, bei einer übersichtlichen Anzahl an Kleidung die ohnehin nur aus Lieblingsstücken besteht.

Damals in unserem ersten großen Ausmistrausch wollten wir alles möglichst schnell reduzieren. So kamen am Anfang unserer Minimalismus Reise noch einige Kleidungsstücke in den Altkleidercontainer, die wir gut hätten spenden oder auftragen können.

Eine wenig getragene hellgraue Jeans schmiss ich damals weg, weil sie am Bein zu kurz war. Im Sommer fehlte mir dann eine kurze Hose. Wäre die hellgraue Jeans nicht vorher im Müll gelandet, hätte ich sie zum Schneider bringen können der sie mir für ein paar Euro gekürzt hätte. So musste ich nun eine neue kurze Hose für viel Geld kaufen. Zwei Jahre später hatte ich zum Glück dazu gelernt. Unser Teenager wächst irgendwie nur in die Länge, die Hosen passen noch, sind aber schnell wieder zu kurz. Zwei dieser Exemplare brachte ich zum Schneider und konnte drei Tage später die „neuen“ Sommerhosen abholen. Für wenige Euro hatte unser Teenager nun zwei neue kurze Hosen im Schrank die gut sitzen und noch ein oder zwei Jahre passen werden. Geld gespart, Ressourcen geschont und die örtliche Schneiderei unterstützt, es kann so einfach sein.

Gartenparadies

Ganz am Anfang unserer Minimalismus Reise wollten wir nur unseren Besitz reduzieren um mehr Übersicht zu bekommen und Platz zu schaffen. Nachdem sich aber unsere materiellen Dinge stark reduziert hatten und wir uns mit unserer Kleidung, digitalisieren von Dokumenten, natürlicher Kosmetik, veganer Ernährung, plastikfrei einkaufen und wohnen auseinander gesetzt hatten, waren wir schon auf dem Weg in ein umweltbewussteres Leben. Doch wo fängt ein umweltbewusstes Leben an und wo hört es auf?
Die Grenzen sind wie bei der Fahrt in den Urlaub oft nicht zu erkennen, nicht überwindbar oder aber ganz einfach zu überqueren. Naturschutz, hat wie der Name schon sagt, etwas mit dem Schutz der Natur zu tun. Was liegt da näher als im eigenen Garten damit zu beginnen?
Wir hatten noch nie einen englischen Golfrasen, doch Unkrautstechen, Unkrautvernichtungsmittel oder Dünger bekam auch unser Rasen hin und wieder, ob er wollte oder nicht. Trotzdem war er nie wirklich schön, obwohl wir uns nach dem Kauf der Wohnung die Mühe machten ihn umzugraben und neuen Rasen einsäten. Jedes Jahr versuchte ich immer wieder aufs Neue, das Beste aus unserem Rasen heraus zu holen, meist

vergeblich. Irgendwann gab ich den Kampf gegen das Unkraut einfach auf. Seitdem ist unser Rasen eine blühende Blumenwiese mit Löwenzahn, Klee und Gänseblümchen, die uns sogar viel besser gefällt als der akkurat geschnittene Zierrasen. Auf der einen Seite vom Garten haben wir ein Beet mit Hortensien und allerlei bunten Stauden. Anfang des Jahres fangen die Schneeglöckchen an in diesem Beet zu blühen, ab dann blühen dort immer bunte Farbtupfer bis in den späten Herbst hinein. Das Beet ist mit Rindenmulch abgedeckt, von dem man allerdings nicht mehr viel sieht weil wir die Stauden wild wachsen lassen. Ein alter bunter Teller darin dient als Vogeltränke und wird regelmäßig mit frischem Wasser gefüllt. Die Vögel nutzen sie im Sommer gerne als privates Freibad. Das ist sehr lustig anzusehen, wenn die dicken Amseln genussvoll darin planschen. Eingerahmt ist unser kleiner Garten mit einem Stück Holzzaun inklusive Gartentor und einer großen Lebensbaumhecke. Am Gartenzaun ranken weiße Kletterhortensien die im Frühjahr ebenfalls blühen. Jedes Jahr bekommen wir neue Gäste und Mieter in unserem kleinen Garten. In der Hecke oder im Apfelbaum brüten immer zwei bis drei Amselpaare und ziehen ihre Jungen auf. Wenn die Jungvögel aus dem Nest sind, sitzen sie oft noch ein paar Tage bei uns im Staudenbeet und lassen sich von den Eltern füttern. Das ist immer schön anzusehen wenn diese kleinen Federkugeln am Boden sitzen und uns mit großen Augen ansehen, während sie schreiend auf ihre Eltern warten. Über dem Beet hängt ein selbstgebauter Vogelnistkasten, in dem im Frühling viele Wohnungsbesichtigungen kleiner Blaumeisen stattfinden, die nach einer genauen Inspektion der neuen Behausung dort brüten. Leider sehen wir die Jungvögel fast nie wenn sie ausfliegen. Nicht nur Vögel, auch Insekten tummeln sich bei uns. Seit dem letzten Sommer beherbergen wir sogar Wildbienen. Die haben es sich in unserem selbstgebauten Insektenhotel gemütlich gemacht. Ein Insektenhotel selber bauen ist kein Hexenwerk. Ein paar kleine Bretter verschrauben und vor die Fächer etwas Draht fest tackern. Füllmaterial wie Stöcke und Tannenzapfen fanden wir im Wald und etwas Stroh lag noch auf dem Acker. In kleine dicke Baumscheiben bohrten wir Löcher für die Bienen. Wer selbst handwerklich nicht so begabt ist, der findet kleine und große Insektenhotels im Gartencenter oder Baumarkt. Ob nun für Bienen, Marienkäfer, Schmetterlinge oder ein Hotel für verschiedene Arten, Insekten freuen sich auch auf einem Balkon über ein kleines Zuhause. Dazu vielleicht noch ein bunt bepflanzter Balkonkasten oder Blumenkübel und schon hat man nicht nur eine kleine Oase für Insekten, sondern auch für sich selbst geschaffen! Es braucht keinen großen Aufwand, der Natur etwas zurück zu geben. Seit diesem Jahr haben wir sogar ein Hotel für Schmetterlinge und warten gespannt auf die ersten Besucher. Obwohl unser Garten klein und überschaubar ist, ist dort immer tierisch was los. Ein Amselpärchen hält sich dauerhaft bei uns auf und sucht fleißig von morgens bis abends den Rasen nach fetten Regenwürmern ab. Am Abend sitzt das Männchen auf dem höchsten Ast im Apfelbaum und singt seine Lieder, manchmal können wir die Uhr nach ihm stellen. Wenn ich den Rasen wässere, hüpfen die Amseln gerne mal unter dem Wasserstrahl hindurch. Manchmal verirrt sich sogar in der Dämmerung ein Igel in unseren Garten. Wir haben das Gefühl seit wir unseren Rasen nicht mehr mit Chemie behandeln ist dort viel mehr los. Im Sommer pflücke ich mir Gänseblümchen, Kleeblüten und Löwenzahn vom Rasen und garniere damit meinen frischen Salat. Ein paar Kräuter aus dem Blumenkübel dazu und fertig ist ein Salat, den man in keinem Restaurant bekommen kann. Der sieht nicht nur toll aus, er schmeckt auch und um Pestizide brauche ich mir keine Gedanken machen. Ein kleines Gemüsebeet wäre schon nett, allerdings hätten wir dann keine Rasenfläche mehr auf der wir uns im Sommer gerne auf einer Decke ausstrecken. Dafür haben wir ein paar

Kräuter und auch mal Tomatenpflanzen im Kübel auf der Terrasse. Sogar unser Olivenbaum trägt jedes Jahr fleißig Früchte und der Apfelbaum hat zwar nicht die schönsten Äpfel, aber als Apfelmus oder Apfelsaft schmecken sie sehr gut. Der Baum wird ebenfalls nicht mit Chemie behandelt, vielleicht wären die Äpfel dann schöner, aber auch nicht mehr unbelastet.

Aber auch bei den Gartengeräten hat sich bei uns einiges getan in den letzen Jahren.

Vor zwei Jahren ging unser Elektrorasenmäher kaputt. Der Motor drehte nicht mehr und ein Versuch meines Mannes ihn zu repariere brachte leider keinen Erfolg. Da mir dieses ganze Kabelgedöns immer ziemlich auf den Keks ging, suchten wir nach einer anderen Möglichkeit. Was wir fanden, wird so schnell nicht wieder kaputt gehen, nimmt nur wenig Platz weg und braucht keinen Strom. Es handelt sich um einen Spindelmäher, der den Rasen mit einer messerbesetzten Spindel schneidet. Er ist leicht zu schieben und macht nur wenig Lärm. Bei Kleinanzeigen fanden wir ein neuwertiges Exemplar mit Fangkorb für wenig Geld. Mal wieder ein klassischer Fehlkauf des Verkäufers und unser Glück ein Schnäppchen zu machen! Der einzige Nachteil bei dem Spindelmäher ist, dass er auf dem Rasenstück im Vorgarten nicht so gut bis an die Kante heran kommt und immer etwas stehen lässt. Aus der vermeintlichen Not machten wir eine Tugend und säten dort kurzerhand eine Wildblumenmischung ein. Jetzt blüht auf einem 30cm breiten Streifen im Sommer eine bunte Blumenwiese in allen möglichen Farben, Formen und Größen. So können wir noch vernünftig den Rasen mähen, die Insekten haben etwas zu futtern und es sieht dabei noch hübsch aus. Solche Wildblumenmischungen kann man sogar im Kübel einsäen. Ein bunter Wildblumenkübel steht direkt unter unserem Insektenhotel, Hotel mit Frühstück für die Bienen.

Bei unseren vielen Ausmistaktionen wurde auch die Gartenhütte nicht verschont. Was an Blumen immer mehr wurde, wurde in der Gartenhütte immer weniger. Viele Gartengeräte kauften wir damals als Gartenneulinge ohne sie wirklich gebraucht zu haben. Im Baummarkt ist die Auswahl an Garten- Gadgets riesig und gibt einem das Gefühl, dass das passende Gerät für die oder die Arbeit essentiell und überlebenswichtig ist und dass es ohne auf keinen Fall funktionieren kann. Bei den Fugenkratzern für Pflastersteine hat man die Qual der Wahl, auch die Auswahl der Farben macht die Entscheidung nicht einfacher. Solche Käufe sind doch meist rausgeworfenes Geld, schließlich kratzt ein altes Schälmesser aus der überfüllten Küchenschublade genauso gut die Fugen aus. In unserer Gartenhütte fanden sich trotzdem Geräte die einfach nie genutzt wurden. So räumten wir an einem schönen Sommertag die Gartenhütte komplett leer, fegten einmal durch, verschafften uns einen Überblick und räumten nur die Dinge wieder ein von denen wir glaubten sie unbedingt zu brauchen. Die aussortierten Dinge kamen direkt ins Bermuda- Dreieck und lagen dort mal wieder nicht lange bis sie mitgenommen wurden. Das gab schon mal ordentlich Platz in der Gartenhütte und machte das herausholen der Fahrräder um einiges einfacher. Unsere Ausmistaktionen waren wie schon geschrieben keine einmalige Sache, sondern es überkam uns immer mal wieder, meistens am Wochenende, weiter auszumisten und noch mehr Platz zu schaffen. Ich weiß nicht mehr wie oft wir die Gartenhütte ein- und ausgeräumt, dabei immer wieder ausgemistet haben, aber es waren so einige Male. Manchmal bekamen wir schon regelrechte Lachanfälle, wenn die aussortierten Dinge nach nicht einmal fünf Minuten aus dem Bermuda- Dreieck verschwunden waren. Unglaublich, was manche Menschen noch alles gebrauchen können! Der Schrotthändler der samstags bei uns durch die Siedlung fährt, hatte gar keine Chance die Dinge überhaupt einmal zu Gesicht zu bekommen. Witzigerweise sahen wir fast nie jemanden der etwas mitnahm. Die Dinge waren plötzlich wie vom Erdboden verschluckt und unser Bermuda- Dreieck im Vorgarten macht auch nach fünf Jahren immer noch seinem Namen alle Ehre. Aber wenn es noch jemand anderes gebrauchen kann, landet es wenigstens nicht einfach im Müll, sondern erledigt weiterhin in einem anderen Haushalt oder Garten seinen Dienst.

Heute befinden sich in unsere Gartenhütte nur noch sehr wenige Gartengeräte: Kehrblech und Handbesen, Fahrradluftpumpe, ein Rechen für das Laub, Gartenschere, Spindelrasenmäher, eine Wurzelbürste für schmutzige Schuhe, Gartenhandschuhe, Wasserpumpe und Wasserschlauch. Platz für zwei Fahrräder und einen Dog- Scooter ist auch genug vorhanden. Die zwei Harken brauchten wir nicht da wir kein Beet haben was geharkt werden muss, ebenso flog ungenutztes Spielzeug raus, ein kaputter Stuhl und diverser anderer Kleinkram, der einfach nur da war weil er da war. Auch für den Garten braucht man tatsächlich weniger Dinge als man denkt. Sollten wir mal eine Leiter oder ähnliches benötigen, leihen wir sie uns vom Nachbarn oder von unseren Eltern. Das ist bisher allerdings erst zweimal vorgekommen.

Wenn man sich in privaten Gärten einmal umschaut, gibt es fast immer eine Gerümpelecke. Natürlich ist sie gut versteckt und nicht sofort für den Besuch erkennbar. Wie sähe das denn bitte aus? Aber wieso gibt es diese Ecken eigentlich? Heben wir die Dinge auf weil wir sie irgendwann noch brauchen könnten? Abgesehen davon, dass zum Beispiel Holz und Metall nicht gerade besser werden wenn sie ständig dem Wetter ausgesetzt sind und im Regen gammeln bzw. rosten. Habe ich vor in der nächsten Woche eine neue Gartenhütte zu bauen, wird der Holzhaufen übernächste Woche weg sein. Liegen die Holzreste schon mehrere Jahre dort ist es sehr unwahrscheinlich, dass man sie noch braucht. Es sei denn, man ist im Besitz eines Ofens und benutzt es noch zum heizen. Sollte wider erwarten doch ein Projekt umgesetzt werden bei dem Holz benötigt wird, ist das lange aufbewahrte Material meist nicht ausreichend, zu dick, zu dünn oder schon zu gammelig. So fährt man in den nächsten Baumarkt um neues Material zu holen. Die Reste die beim neuen Bauprojekt übrig bleiben, landen natürlich wider in der Gerümpelecke. So wächst die Ecke still und leise zu einem Haufen heran. Will man sie dann irgendwann aufräumen, ist ein Anhänger schnell voll und die Entsorgungskosten beim Wertstoffhof treiben einem die Tränen in die Augen. Wir haben es uns angewöhnt nach unseren Baustellen die Materialreste direkt fachgerecht zu entsorgen. Ausnahme waren ein paar Kleinteile wie zum Beispiel Pinsel, von denen wir uns sicher waren, dass wir sie bei der nächsten Baustelle in wenigen Monaten wirklich brauchen. Kleine Holzreste und andere Kleinteile lassen sich gut in der Restmülltonne entsorgen, das spart sogar noch Geld. Die größeren Teile brachten wir alle zeitnah zum Wertstoffhof um gar nicht erst in Versuchung zu kommen, eine Gerümpelecke hinter der Gartenhütte aufzubauen.

Es wurde nicht nur unsere Wohnung übersichtlicher, großzügiger und luftiger, auch der Garten bekam eine neue Leichtigkeit und viele neue Bewohner noch dazu. Es ist eine kleine Oase für Insekten, Vögel und für uns und unsere Hündin. Wir genießen jeden Sommertag im Garten und lieben es, wenn es überall blüht und summt. Minimalismus fängt beim ausmisten erst an, aber das Ziel sollte es sein, die kleinen Dinge im Alltag zu sehen und das Leben einfach zu genießen!

Minimalismus im Kinderzimmer

Bei allem, was wir in den letzten Jahren verändert und ausprobiert haben, haben wir unserem Sohn immer die freie Wahl gelassen. Die Sache mit dem Plastik sparen fand er zum Beispiel sofort toll und bekam sogar einen richtigen Blick dafür, wo und wie wir Plastik einsparen können. So manches Mal überforderte er uns mit seinen Ideen und seiner Euphorie, Plastik komplett aus unserem Haushalt zu verbannen. In der Schule hatte er zu diesem Thema einiges zu erzählen und seine Lehrer so manches Mal dumm da stehen lassen. Andere Bereiche, wie unsere Challenge auf dem Boden zu schlafen und danach auf Futons zu nächtigen, betrafen ihn rein gar nicht. Er hat immer noch seine Matratze, aber ein selbstgebautes, bodennahes Bettgestell was er sich gewünscht hat. Beim Thema vegan essen war er damals anfangs etwas überfordert, genau wie wir. Er aß weiterhin seinen Käse und auch mal einen Burger. Nun mit 14 Jahren, möchte er auf seinen eigenen Wunsch hin kein Fleisch mehr essen, weil er in einem Alter ist, wo er versteht was dahinter steckt. Bei seiner Oma isst er gerne mal ein Milcheis oder Sahnesoße, er darf selbst entscheiden, was er essen möchte und was nicht. Unser Sohn weiß sehr genau was er will und wir lassen ihm da die Freiheit, seinen eignen Weg zu finden.

Als wir mit dem Ausmisten anfingen, haben wir das Kinderzimmer dabei komplett außen vor gelassen. Unmengen an Spielzeug das nie benutzt wird, gab es eigentlich noch nie bei uns. Wenn er etwas nicht mehr wollte, haben wir es verkauft oder gespendet. Als wir mit dem Keller ausmisten anfingen, hatte er mit seinen damals 9 Jahren jede Menge von den beliebten kleinen Bausteinen, mit denen er oft und gerne spielte. Doch mit zunehmendem Alter wurde dies uninteressanter und der Wunsch nach einem eigenen Laptop immer größer. Das Geburtstags- und Taschengeld reichte dafür nicht aus und er bat mich eines Tages, für ihn etwas Spielzeug bei Kleinanzeigen einzustellen. Als er merkte, dass er nichts davon vermisste, sollte ich auch den Rest zum Verkauf anbieten. So leerte sich Spielzeugkiste um Spielzeugkiste. Brettspiele mochte er noch nie und gab sie mir ins Sozialkaufhaus mit, ebenso Bücher für die er sich nicht mehr interessierte. Wir haben uns alle drei einen Büchereiausweis geholt und unser Sohn hat nun immer Zugriff auf Bücher, die seinem Alter und seinen Interessen entsprechen. Der Laptop zog irgendwann in sein Zimmer ein, das Spielzeug immer mehr aus, die Interessen veränderten sich. So wurde das große Regal in seinem Zimmer Fach für Fach immer leerer und wir verkauften es später ebenfalls über Kleinanzeigen. Als die Renovierung des Teeniezimmers anstand, zog unser

Sohn für den Übergang in unser ehemaliges Schlafzimmer. Dort hatte er seine Matratze, seine Kleidung, Sportsachen, Laptop und ein paar Bücher. Unser Teenie vermisste in dieser Zeit nichts, noch nicht einmal sein Zimmer! Als es an das Einräumen des frisch renovierten Raumes ging, waren seine Worte: „Ich will nicht mehr so viel Kram in meinem Zimmer!“ Dabei ist es auch geblieben. Sogar die alten Bilder sollten nicht mehr an die Wand. Er suchte sich ein riesiges Bild von einem Flugzeug aus, das nun über dem Bett hängt und die Wand gut ausfüllt. Sein Wunsch für sein neues Zimmer überraschte mich zuerst: „Ich möchte gerne viele Pflanzen in meinem Zimmer haben.“ Die hat er natürlich bekommen. Mittlerweile züchten wir unsere eigenen Ableger und er fühlt sich sehr wohl in seinem Zimmer. Die Hausaufgaben gehen ihm leicht von der Hand, weil er sich selbst durch nichts mehr ablenkt. Minimalismus mit Kindern ist eine sehr individuelle Angelegenheit. Kleinere Kinder brauchen natürlich ihr Spielzeug, Bastelsachen, Teddybären und alles was sie gerne spielen. Ab einem gewissen Alter wissen sie jedoch sehr wohl, was sie gerne mögen und was nicht. Daher sollte man die Kinder in Entscheidungen immer mit einbeziehen und ihre Meinung ernst nehmen. Denn Kinder besitzen eine Fähigkeit, die viele Erwachsene verlernt haben: Auf ihr Bauchgefühl zu hören!

Nachwort

„Minimalisten, die besitzen doch nur noch 100 Gegenstände und schlafen nackt auf dem Fußboden." So oder so ähnlich, haben wohl viele Menschen das Bild eines Minimalisten im Kopf.

Dass es dabei um mehr als nur Gegenstände geht, wussten wir damals auch nicht. Überhaupt sind wir in das Thema so hineingeschlittert ohne es zu merken. Aber wir wussten, dass wir etwas verändern möchten, auch wenn es anfangs nur ein aufgeräumter Keller sein sollte. Manchmal entwickeln sich die äußeren Umstände und Gewohnheiten, ohne dass man es plant. Es gibt keine Anleitung oder Beschreibung, wie der perfekte Minimalist sein sollte. Minimalismus ist so facettenreich und persönlich, keine Anleitung wird für jeden zu 100% funktionieren. Wenn du etwas in deinem Leben verändern möchtest, warte nicht auf irgendwann. Irgendwann wird nicht kommen, fang an, am besten jetzt sofort, heute, aber spätestens morgen! Hör auf dein Bauchgefühl, lass dich nicht entmutigen, sieh Rückschläge als etwas positives, finde Menschen die dich unterstützen, such auf jeden Fall den Kontakt zu Gleichgesinnten und vermeide es dich unter Druck zu setzen. Glaub an dich, hab deine Ziele klar vor Augen

und gib nicht auf! Dann steht dir dem ganz persönlichen Glück als Minimalist nichts mehr im Wege!
Ich wünsche dir alles Gute für deinen persönlichen Weg zu mehr Zufriedenheit!

Printed in Germany
by Amazon Distribution
GmbH, Leipzig

22490385R00127